ことのは文庫

神様のお膳

毎日食べたい江戸ごはん

タカナシ

MICRO MAGAZINE

Special Recipes
for my Lord

CONTENTS

神様のお膳

毎日食べたい江戸ごはん

零　雪天の記憶

父親の記憶はおぼろげだ——それは、璃子《りこ》がまだ小学校に上がる前の冬休み。単身赴任中の父親が暮らす東京《とうきょう》へ、母親と二人で会いに行ったとき。

「お父さんの言うことを聞いて、良い子にしてね」

璃子の母はそう言い残すと、璃子を置いて先にホテルへ戻ってしまった。

どんよりと空は曇っていて、ひどく心細い気持ちになった。

璃子は泣いた。

ほとんど一緒に暮らしたことのない父親は、璃子にとって知らない大人だったからだ。

父親は、

「食べな」

そう言ってキャラメルをくれた。

キャラメルは、虫歯になるからと母親に禁止されていたお菓子だった。それで璃子はさらに泣いてしまった。

父親の部屋は殺風景で、ますます悲しくなる。璃子の大好きなぬいぐるみもおもちゃのジュエリーセットもない。

「お母さんのところに帰りたい」

璃子の父は困り果てていたはずだ。

「璃子、お腹空いただろう？　美味しいお蕎麦やさんがあるんだ」

父親が連れて行ってくれたのは、細い路地にある『やぶそば』の看板をかかげた、小さな店だった。店内にはテーブル席が六つだけ。

父親は、子供が好きな食べ物なんて思いつきもしなかったのだろう。少しも躊躇《ちゅうちょ》することなく言うのだった。

「これが東京の蕎麦だ。年越し蕎麦、食べたことあるだろう？」

もり蕎麦を前に璃子は戸惑った。璃子の暮らす街で年越し蕎麦と言えば、あたたかい出汁がかかった『かけ蕎麦』を指す。

しかし、それを告げることもできなかった。璃子にとって父親は、やはり知らない大人だったせいだ。

父親が璃子の顔を覗き込む。

「せいろ蕎麦だよ」

おそるおそる蕎麦をすすってみる。つゆが少しばかり、璃子にはしょっぱいと感じた。

すると。

『氏神様が心配だねぇ』

どこかから、父親ではない大人の男性の声がする。璃子はゆっくりと顔をあげた。

「ありがとうございました ー」

そこには店員と、店を出ていく客の背中があるだけだ。もう店内には璃子と父以外、他に客はいない。

「璃子、どんどん食べろ」

璃子は小さく頷いてもう一度蕎麦をすする。

『お稲荷さん元気かねぇ』

再び声が聞こえた。驚いた璃子は、今度はすぐさま顔をあげた。

正面の、壁にかかった額縁が目に入る。尻尾の裂けた猫が二匹、蕎麦を打っている浮世絵だった。二匹は、何やら会話をしているようにも見える。

とはいえ、まさか絵の中の猫が喋るわけがない。

きょろきょろと辺りを見渡していると、厨房の中の男と目が合った。

「おいなりさんが、心配なの？」

璃子は思わず訊ねてしまった。言葉を発したのならこの男以外にいなかった。

「え？　ああ、そうだねぇ。おじさん、お稲荷さんが心配で。どうして分かったんだい？」

可愛らしいことを言う璃子に、蕎麦屋の店主である男は目を細めた。

「いなり寿司がどうかしたんですか？」

璃子の父が不思議そうな顔をする。

「お客さん、そっちのいなりじゃありません。私が心配しているのは、神社のお稲荷さんです。再開発だってんで、氏神様が今はビルの屋上に追いやられちゃってね。ちっさくてみすぼらしい社殿が不憫でさぁ。寂しくねぇかなぁって」

店主はため息混じりに言うのだった。

「おいなりさん、寂しいの？」

璃子は自分のことのように悲しくなった。

「お稲荷さんはどうだろうな。おじさんにとっては下町がふるさとだから、変わっていくのは寂しいもんだねぇ。神社は店の正面にあるビルだ。良かったら、お父さんと一緒にお参りしておいで」

厨房から出てきた店主が、テーブルにオレンジジュースの入ったグラスを置いた。

「これサービス」

「ありがとうございます。ほら、璃子もお礼を言いなさい」

「……ありがとう」

ボソリと言う璃子の頭を店主は撫でた。

愛想の良い店主がいることを、璃子の父親は知っていたのかもしれない。

✿

蕎麦屋の店主が言うように、ビルの屋上に小さな社殿は存在した。

確かに、このような場所に神様が鎮座しているとは想像がつかない。璃子と父親以外、参拝する者もいなかった。

「可愛らしい神社だなあ。璃子にちょうどいい」

父親はそう言って、五円玉を璃子に握らせた。

「お賽銭箱があるだろう？　あそこに入れてお参りしておいで」

言われた通りお賽銭を入れ、ついでにポケットのキャラメルをひとつ供えた。それから璃子は手を合わせる。

（みんなが寂しくならないように、立派な神様の家を作って見守ってください）

チリン、チリリン。

どこかで鈴の音が鳴った。

「何をお願いしたんだい？」

「内緒」

「そうか」

父親は笑って璃子の手を取った。

多少の気恥ずかしさはあったが、父親は、もう知らない大人ではなくなっていた。

璃子も父親に向かって微笑んだ。

はらはらと雪が舞う。肩に落ち、ふわりと溶けた。

父親の記憶はおぼろげだ――しかし、あたたかくて大きな手のひらの感触は、いつまでたっても消えなかった。

壱　花笑む縁組み

〈汝《なんじ》、何を探しておる?〉

スーツ姿の璃子が朱い鳥居をくぐると、澄んだ声が天から降ってきた。

刹那、煌々《こうこう》とした光に包まれる。

眩しさに目が慣れた頃には、すでに周囲のビルも石畳の道も消え、先程までの都会の景色から一変、鬱蒼とした森の中にいた。

木々の隙間から落ちる光が玉となり、身体に触れ、弾けて輝く。

戸惑いつつも誘《いざな》われるようにしずしずと長い参道を行くと、ほどなくして厳かな本殿が目に入った。

境内に人影はない、かと思われたが。

〈汝、何を探しておる?〉

(誰?)

激しい突風が起こった。璃子は深緑が唸る中、必死にその場に踏みとどまる。

風が止むと、ゆらゆら揺れる影があらわれた。

「供物のぶん、願いを聞こう」

歪んで見えた輪郭はやがて人の形となった。しかも、かなり麗しい造形をしている。

着流し姿の仏頂面をした青年が、いつの間にか目の前に立っていた。頭が小さく、すらりとした長身で、和装がとても似合っている。

肩の少し上で真っ直ぐに切り揃えられた髪がいっそう古風だ。

意思とは無関係に璃子の中から言葉が零れた。

「――を、探しています」

チリン、鈴の音が鳴る。

「なぜだ?」

「見失ったからです」

「おかしなことを言う。私には、はっきりと見えている」

青年は一瞬、怪訝な顔をする。

「まぁ良かろう。口に出して願うがよい。探す手助けをしよう」

言われた通り璃子は「――が、どうか見つかりますように」と願った。すると。

「その願い聞き届けた」

青年の、光に透けた煤色《すすいろ》の髪が微《かす》かに揺れた。

「これが契約の証《あかし》だ」

前触れもなく青年の唇が璃子の頬へ触れる。


えっ？

ええっ？


光の玉が弾け、花の香りに包まれた。驚いた璃子はすぐに逃れようとするが。

自分の身体でありながら自由が利かない。まるで、誰かの意思に操られている人形のようだった。

また、間近で見るあまりにも美しい青年の眉目に、言葉までも失ってしまう。

そもそもこれは現実なのだろうか、いやきっと、いつものまぼろしに違いない。子供のころからときおり空想の世界に浸っては、辛いことをやり過ごしてきた璃子だった。

「ここへ来るまでに、白いキツネを見なかったか？」

「キツネ？」

「これの伴侶だ」

青年の足下に耳をぴんと立てた黒い動物が伏せていた。

（確かに、キツネ）

璃子は少しの動悸を感じながら、「見ていません」と首を振る。

そして心を落ち着けようと深呼吸した。

「見つけたら、届けてほしい」

「届ける？　あなたのもとに？」

「そうだ。もう引き返すがよい」

青年が袖を振り、踵を返すと、再び強い風が巻き起こった。

璃子は両手を顔の前にかざして俯き、きつく目を瞑る。身体の中を風が吹き抜けていくようだった。


耳元で次第に大きくなっていくのは、人々の話し声と車のエンジン音。

（ここはどこ？）

すぐさま顔を上げ辺りを見回した。ぐるりと璃子を取り囲むのは、コンクリートの建造物だ。

そこはもと居た場所、ビルの谷間にある真新しい神社。近隣で働く人々や観光客がとめどなく参拝に訪れる、都心のパワースポットだった。

（夢の中？　それとも現実？）

璃子は落ち着かない様子で社殿に向かって頭を下げ、いったん境内を出る。

頭を整理しようとするが、自分の身に何が起こったのかよく分からない。璃子がぼんやりとしていると。

「落としましたよ」

老齢の女性から声をかけられる。手渡されたのは桜があしらわれた美しい御朱印帳。間違いなく璃子のものだった。

「ありがとうございます」

璃子は改めて鳥居をくぐりなおした。もしかしたら、もう一度、同じことが起こるかもしれないという気がしたからだ。しかし、再び青年に出会うことはなかった。

ドキドキしながら璃子は、白昼夢のようなものかもしれないと思うのだった。

✿

楠木《くすのき》璃子は、地下街のショーケースに映り込むリクルートスーツ姿の自分を見つめ、「よし」と気合いを入れる。

前髪は斜めに流し、眉毛が見える。ポニーテールも低めの位置。目、鼻、口、どれも形は悪くないがさほど主張もない。強いて言えば、身長は高いほうだ。

そのせいで、洋服のサイズ感にいつも頭を悩ませている。だからこそスーツ選びは慎重だった。おかげでオーダーメイドのように袖もパンツ丈もぴったりだ。

秋がラストスパートをかけた十一月。まだコートはいらない。行き交う人々の通勤服は、深い色であっても軽やかな素材だった。

璃子が向かう先は、来春に新規開業するホテルの採用面接だ。契約社員からとはいえ、就職できるのなら贅沢は言わない。就活に失敗し、さらに派遣切りにあい、二十三歳女子は〝貧乏〟という危機に直面していた。

家賃を振り込み光熱費が引き落とされたところで――。

（とうとう通帳の残高が五桁を切ったよ……）

はあ、と溜息を吐く。

地元に帰るように言ってくれる母親は、璃子が幼い頃に父親と離婚し、すでに新しい家族と暮らしている。母親が再婚したのは、璃子が進学で上京したあとだ。

母親の再婚相手の男性とその息子とは、二、三度顔を合わせた程度であり、家に戻れと言われても、どうしても遠慮してしまう。

また、苦労をかけた母親にこれ以上心配をかけたくなかった。

すっかり疎遠になっていた父親は昨年亡くなってしまった。璃子が東京の大学に進学しようと決めた理由のひとつだったのに、自分から会いに行く勇気が出なかった。

璃子の心は、一人ぼっち、だった。家族、親戚、友人、知人、自分以外の誰かを頼るのは、璃子にとってかなりハードルが高い。

一人でなんとかしよう。もう大人だし、とまた溜息を吐く。そこで。

チリン。

鈴の音が聞こえ、何かが足下をすり抜ける気配がした。だけど、視線を落としたところでそれらしいものは見当たらない。耳に届くのは、ハンズフリーで通話中のサラリーマンの話し声。人混みの中、どこかで鈴が鳴ったところで、平常なら気づくはずはないだろう。

またた、と璃子は思う。また、幻聴や幻影の類だろうと、思うのだ。

璃子の空想癖は大人になっても直らない。現実にプレッシャーがあればあるほど、不思議の世界に引き込まれてしまうのはいつものこと。

たとえば就職の面接や、会社で上司に仕事をたのまれたときに限って邪魔は入るのだ。

学生時代、一次面接で志望動機を答えているときだった。

「業界最大手の御社で、人のお役に立てる仕事に……」

『サービス残業が多すぎのようだ』

どこからか聞こえてきた声に気を取られ、丸暗記していた内容は一瞬で消え去った。面接官の背後に陽炎のようなものまで見え、面接の途中だというのに璃子はそのまま岩のように固まってしまった。面接官の表情に、不採用判定がにじみ出ていたのは今も忘れられない。

それからあれは、以前勤めていた派遣先の上司にいきなり肩を掴まれ、背筋が凍ったときだ。

「議事録、なるはやで！　楠木さんとは気が合いそうだからさ、正社員になれるよう上に推しといたよ」

『能力より課長の好みが優先とはいかに』

璃子を見下ろす上司の頭上に人影のようなものが見えた。驚いた璃子が、ぎゃあ、と声をあげて立ち上がると、上司は「大袈裟だなぁ」と苦笑していた。上司の璃子に対する態度は、それ以来明らかにそっけなくなった。

視えないはずのものが視え、聞こえないはずのものが耳に届く。一時的なものだ。気にしなければいずれ消える。

そんなとき璃子は心の中で呟くのだ。

（平常心、平常心）

さらにあれも、派遣先の男性社員から誘われたときだった。

「楠木さん、たまには飲み会にも参加してよ」

『やめておけ』

やっぱり耳元でなにかが囁く。大事な局面では、非現実的なものはスルーするに限るとさすがに学習した。でないと、現実が歪んでしまう。

「親睦を深めようよ」

なかなか押しの強い相手だった。

お酒は嫌いじゃないが、飲み会の参加費用も馬鹿にならない。断り文句を璃子が考えていると。

『時間もお金も自分のために使うがよい』

またもや声が聞こえてきた。そのとおりだとは思うが、今は黙っていてほしい。

「会費いらないよ。上司のおごりだからさー」

『タダより高いものはないぞ』

考えている途中で、頭の中に声が響く。

「少し黙っててください！」

思わず叫んだ璃子へと、同僚たちから冷たい視線が注がれたのは言うまでもない。

悲しいことに、それからほどなくして派遣の契約終了を告げられた。

『次、行こう、次』

そのときも励ますようなあやしい声が聞こえた気がする。

神社仏閣巡りや御朱印集めに関心を持つようになったのも、不思議な現象に惑わされないよう心を平穏に保つためだ。

どうかご縁がありますように。頭の中で手を合わせる。心がなんとなく和んだ。

面接の時間が迫っているため、璃子は先を急ぐことにした。目的地は東京駅近くのオフィスビルだ。

東京駅の構内は、いつもどこからか美味しそうな匂いが漂ってくる。

匂いにつられてふと目をやると、百貨店から外の通路まで伸びた行列のそばで、子犬が寝そべっているではないか。しかも並んでいる人々は気づいていないのか、今にも子犬の頭に向かって足が下ろされようとしている。

（危ない！）

璃子は思わず声をあげそうになった。

次の瞬間、鋭いヒールの先が子犬の身体を突き抜けて地面に着地する。

ところが、子犬は吠えるどころかピクリともしなかった。璃子の目には、間違いなく子犬の胴体を女性の足が貫いているように見えているのに。

「すみません！」

璃子は慌てて子犬に駆け寄り抱き上げた。ところが、子犬を踏みつけた女性は無関心を決め込んでいる。

ぐったりした子犬を抱え、璃子はすぐさまその場を離れた。人波を避けるように柱の陰に立ち様子をうかがう。

「大丈夫かな。怪我していないかな……どうしよう」

傷跡がないか、はたまた流血はないか、むしろ意識はあるのか、子犬の身体をさすったり眺めたりしながら、璃子は確認する。

『お腹空いた……』

そうしていると、どこからか可愛らしい女性の声が聞こえてきた。

「えっ？」

『せっかく並んでたのに。もう限界、何か食べさせて』

璃子は、胸に抱いた子犬を見下ろした。

（……まさかね）

ふふっ、と笑う。

『ちょっと、聞いてますか！』

険しい顔で見上げてくる子犬に、璃子は激しく動揺した。

「もしかして、何か言いました？」

『ええ、言いましたとも。お腹が空いて死にそうなんですけど！』

白い子犬が璃子をキッと睨みつける。

「い、犬がしゃべった」

『キツネです』

その声はひどく不機嫌そうだった。

「あ、あの、怪我はありませんか？　どこか痛いところは？」

『空腹以外は、至って健康体です』

訊ねておきながらキツネから返事があることに驚いてしまう。そして、とにかく餌を与えねばと、キツネの気迫に押された璃子は焦るのだ。

「キツネさんは、何を食べるんでしょうか？」

もこもこした尻尾は確かにキツネのようだ。璃子はまじまじとキツネを見る。

どうしてこんなところに喋るキツネが、というのは愚問である。しばらく周囲の様子を見ていれば、キツネを認識しているのは自分だけだと、これまでの経験から理解できた。

『好き嫌いはありません。とりあえず、あれ食べたかった』

キツネが食い入るように見つめる先には、〝アルゼンチンサンド〟と書かれた焼き菓子店。キャラメルソースを挟んだクッキーは、行列ができるほど人気の手土産スイーツだ。

(今から並ぶ時間もないし……あ、そうだ)

璃子はひらめいた。

肩に掛けた黒いビジネスバッグから、キャラメルの箱を取り出し、包みを剥ぐ。

「良かったら、おひとつどうぞ」

　白キツネの口の中に、璃子は一粒のキャラメルをそっと放る。もごもごとキツネの頬が動いたかと思えば。

『うわーん、美味しい。生き返ったわー』

　キツネは嬉しそうに言って、璃子の腕から飛び降りた。

「良かった。それじゃあ、わたしはこれで」

（ところで、これはいつもの空想よね？）

　キツネと会話できたのはちょっと嬉しい。璃子は呑気にそんなことを思っていた。

『御礼をさせてください。主《あるじ》のもとへお連れいたします』

　律儀なキツネだ。

「いえ、けっこうです。これから大事な就職の面接があるんです」

　しかし、現実逃避している場合じゃない。

『そうはいきません。どうやら私は、あなたに憑いてしまいました。一緒に来てもらわねば、帰れません。お仕事ならうちにもあります』

「本当に、大丈夫です。これで失礼します」

　白キツネを振り切って立ち去ろうとするが、わずか数メートルほどで先に進めなくなった。見えない壁のようなものによって、璃子の身体は跳ね返される。

「やっぱりまだ空想の中なの？」

ふわりと白キツネが舞い上がった。

『とりあえず、主のもとへ』

キツネは浮遊したまま襟に噛み付いて、ぐいと璃子を引っ張った。

独り言を言いながら行ったり来たりする挙動不審な人物を、見て見ぬ振りで人々は素通りしていく。しかし、一心不乱にキツネから逃れようとする璃子に、好奇の目を気にする余裕はなかった。よろよろしながら数歩下がれば、なにかがポロンと上着から落ちる。

足下にキツネの口に入れたはずのキャラメルが転がっていた。

（……どうして？）

璃子は腰をかがめ、埃にまみれたキャラメルを拾い上げる。その拍子に首が締まった。

「うっ」

『主のところへ～』

ぐいぐいと襟を何度も引かれては息もできない。

（死ぬ。苦しい）

こうなっては逃げようにも逃げられない。璃子は仕方なしに白キツネを送ることにした。

東京都中央区《ちゅうおうく》に架かる『日本橋《にほんばし》』は、江戸時代に整備された五街道の起点だ。

木造の橋は何度も焼け落ち、明治時代に石造となった。さらに昭和時代、橋の上に首都高速が建設される。四百年以上、この地の歴史を眺めてきた橋なのである。

『もう少しです』

橋を半分ほど渡ったところにある麒麟《きりん》像の前で、白キツネは言った。相変わらずふわふわと空を飛んでいる。いつもの幻影なら、そろそろ消えてもいいころだ。

(今日の空想は珍しく大長編だよね?)

璃子はキツネの後ろを追いながら、このままでは面接に間に合わない、いつになったら現実に戻れるのだろう、と不安になった。

可愛らしい様相の白キツネを前に、緊迫感はさほどない。そうは言っても、いつまでもつきあってはいられない。なんせ、生活がかかっているのだ。

いずれにせよ、落ち着いたら……。

(お祓いでもしてもらったほうがいいのかな?)

動物霊に憑かれる設定は初めてで、璃子は眉間に皺を寄せこめかみを押さえた。

『ほら見えてきた』

「わあ!」

ぽかんと口が開く。

橋を渡りきると目の前の景色は様変わりした。都会のビルは消え、蔵造りの商家や大道芸人が目に入る。

そうかと思えば、路面電車とレトロな西洋建築が。さらに、驚く璃子の近くを馬車が通り抜けていった。

『こっち、こっち』

（ここ、どこ？　テーマパークか博物館？）

ごちゃまぜな世界観に璃子は戸惑った。

刀を腰に差した侍もいれば、袴を穿いた書生もいる。それから、見たことのないグレーの学生服に目を奪われていると。

『もしかして霜降りが珍しいのですか？』

白キツネが訊いてきた。

「霜降り？」

璃子は一瞬、高級な牛肉を思い浮かべてしまう。

『男子学生の夏服として定番の、白と黒の綿糸が霜降り模様に織られた〝霜降り小倉〟のことです』

間近で見れば、確かにグレー一色ではない。霜が降りたように白の斑点がちりばめられた模様だった。真っ黒の学生服よりずっと涼しげだ。

（でも、まだ夏服なの？）

なぜか、日差しが強くなった気がする。陽気に少し身体が汗ばむのを感じていると、はらはらと桜の花びらが地面に落ちた。

徳川吉宗《とくがわよしむね》が江戸に桜を移植したのをきっかけに、庶民の花見ははじまった——らしいが。

（今はお花見の季節じゃないよね？）

冬も近い十一月初旬だというのに、と璃子は不思議に思う。

『主のお宿はそこですよ』

白キツネが示した方角に、聳え立つのは黒い要塞。ガラス窓に映る雄大な——富士山？

お宿と呼ばれた黒いビル以外、周囲の高い建物は消え去ってしまった。それで、遠くの富士山が映し出されているようだ。しかも。

（このビルは……！）

見覚えがある外観を、璃子は首を倒して見上げる。

それもそのはず、訪れるのは二度目なのだ。

黒い外壁には江戸小紋の青海波《せいがいは》があしらわれ、超高層ビルの中で隠れ家的な宿をイメージさせる——と、プロモーションサイトでコンセプトも確認済み。

どう考えても目の前の建物は、璃子が就職を希望しているホテルだった。

しかし、下調べにやってきたときとは周囲の景色が違いすぎる。

平日の昼間に祭ばやしは聴こえなかったし、クラシックカーが舗装されていない道路の土埃を舞い上げることもなかったはずだ。

笠を被りわらじを履いた男が、つづらを背負って旅をしているなんてありえない。

「よろづリゾートたまゆら屋ですよね？　だけど一体ここはどこですか？」

『当旅館をご存じでしたか』

「は、はい」

璃子は戸惑いながら返事をする。

たまゆら屋は、開業前から既に予約は半年待ちだろうと噂される、大注目の都心型日本旅館である。

「これから採用面接を受ける予定なんです。あっ、大変、時間が……」

(空想と現実が交錯している？)

疲れているのかもしれないと璃子は頭を振った。

『あら、ちょうど良かった』

「すみません、そろそろ行かなくてはならなくて」

『はい、行きましょう』

白キツネが地面に降りると、重厚感ある檜《ひのき》の自動ドアが開いた。

『お江戸日本橋たまゆら屋へ、ようこそおいでくださいました』

またしても璃子は、直角になりそうなほど首を倒して上を見た。

(天井が高い！)

ツーフロア分の天井高は、予想以上の開放感だ。天灯（スカイランタン）を思わせる、色和紙のペンダントライトがいくつも下がっている。

さんごの桃色、すみれの薄紫、わかばの黄緑、お日様の朱色。ふんわりとあたたかで色とりどりの灯りが、緊張を解きほぐしてくれるようだった。

さらに前を向くと、奥行きのあるエントランス。長く延びた廊下は畳敷きだ。真新しい、い草の香りが漂ってきた。畳の銀白色とダークブラウンの上がり框。コントラストがよく映える。

突き当たりの縁台には豪華な生花が飾られていた。ダリア、ピンポンマム、あじさい、百合。色鮮やかで風情もある。

片側の壁を占めるのは、銭湯を思わせるどこか懐かしい下駄箱。それが天井まで伸びているのだから驚きだ。上部はどうやって靴を出し入れするのだろう。

キラキラふわふわと降ってくるのは光る雪だった。床に落ちるとしゅっと溶け、あっという間に蒸発してしまう。不思議で素敵な演出だ。

理想の空想世界だよ——、璃子はうっとりとしてしまう。

外観の高層ビルからは予想もつかない、和の雰囲気に璃子は息を呑んだ。こんな素敵なホテルで働けるのならそれこそ夢のようだ。

白キツネはチリンと耳に飾った鈴を鳴らし、正座で出迎えてくれた仲居の膝に乗った。

「これは、ビャク様。ご旅行からお戻りに？」

『旅行ではありません。主はどこに？』

「若旦那様でしたら事務所ですよ。行政書士さんと打ち合わせ中です」

髪をひとつに結わえ作務衣を着た仲居が、璃子に向かってにっこり微笑んだ。名札には桜《さくら》とある。源氏名のようなものだろうか。

普通の人間のようであるが、桜にもビャクが見えているようだ。

「お連れ様は、若旦那様のお客様ですか？」

『この人は私の客だから大丈夫』

白キツネが璃子を振り返る。

『私はビャク。そして私の主である伊吹《いぶき》様は、最上階の事務所にいらっしゃいます。一緒に行きましょう』

「伊吹様？　それがビャクさんの飼い主の名前ですか？」

『伊吹様が飼い主……？　ええと、伊吹様はユーザー名みたいなもので、この地が福富村《ふくとみむら》と呼ばれていた頃からの、土地の神様なのです。ざっくり氏神様としたほうが、馴染みがあるかもしれませんね』

（キツネの飼い主は……神様？）

キツネは神様の使い、というのは聞いたことがある。

ユーザー名ということは、神様には本名が別にあるのだろうか。

氏神の意味なら璃子でもなんとなく分かる。小学校の地域学習で、近所の神社を調べたことがあるからだ。

自分たちの守護神だと聞き、神様がより身近に感じられたのを璃子は思い出した。

「神様が若旦那様？」

『はい。伊吹様が旅館オーナーです』

（神様がオーナー？　この世界、普通じゃないよね？）

璃子の知っているホテルとそっくりではあるものの、ここはやはり現実の世界ではない。

ぼんやりとした頭で、璃子は世界の構造を探る。

神様は案外忙しい？　どうやら、願い事を聞くだけが仕事ではないようだ。

『ところで、あなたのお名前は？』

ビャクの目に力が宿った気がしてドキリとする。

ここで名乗ってしまったら、ますます現実に戻れなくなりそうな、このまま空想世界の住人になってしまいそうな、嫌な予感がした。

　璃子は用心深く答える。

「り、りこ、です」

　SNSでは〝りこ〟と、ひらがなのアカウント名を使っていた。

　警戒心いっぱいになる璃子を、ビャクは気にする様子もない。

『さあ、こっちこっち。旅館の中は裸足でどうぞ』

「で、でも、わたしもう行かなくちゃ」

『りこさん、どうせ手遅れです。境目《さかいめ》に入られたので、たぶん、間に合いません』

　ビャクに言われ、璃子は慌ててバッグからスマホを取り出した。

「サ、サカイ……？　間に合わないってまさか……」

　スマホの画面には十二月上旬の日付。面接当日からひと月後になっている。

『浦島太郎にでもなったつもりで、気楽にしてください。あとは神様にお任せを』

「気楽になんて、できません。あれ、メール？」

　よろづリゾートたまゆら屋から届いていたメールに璃子は衝撃を受ける。

『事前にお知らせしておりましたように、ご連絡がないまま、指定時間までに面接会場にお越しいただけなかったため、面接辞退とみなし不採用とさせていただきます』

（人生詰んだ……）

　璃子は、がくりと肩を落とす。どうして十二月まで時間が進んでいるのか、どうして不思議な世界に迷い込んだのか、まったく分からない。今の璃子にはっきり分かっていることと言えば、メールの発信元は間違いなく、よろづリゾートたまゆら屋の採用担当であるということだけ。

とにかく、面接には間に合わなかったのだ。

これまでも何度も見てきた〝不採用〟の通知。就職の道が絶たれてしまったことだけは、悲しいかな理解できた。うっかり竜宮城だか異世界だかに来てしまったことよりも、不採用となったダメージのほうが今の璃子には痛手だ。

再びふわりとビャクは舞い上がる。

『りこさん、どうぞ、こちらへ』

(もう諦めよう)

璃子はのろのろと黒のパンプスを下駄箱に入れた。そこで、スーツ姿の男性とすれ違う。

「ビャク様、お疲れ様です。お邪魔しております」

『倉橋《くらはし》さん、いつもお世話になってます～』

「こちらこそ、どうぞご贔屓に」

男性にはビャクが見えているようだ。倉橋と呼ばれた男は、にこにこしながら腰を屈めて旅館を出ていく。極々普通の、サラリーマンに見えた。

『驚きました?』

ふわふわしながらビャクが言った。璃子が目を丸くしていたのに気づいたのだろう。

「人間ですよね？」

『はい。陰陽師の行政書士さんです。境目のたまゆら屋経営に尽力してくださるかたは、ウツシヨにもたくさんいらっしゃるのです。それこそ、お役所にも、取引先にも。人間だったり、人間に化けていたり、様々です。さあ、りこさん、こっちこっち』

ビャクを追って、璃子は裸足のまま畳の廊下を進んで行く。柔らかな行灯に照らされたホールへと出れば、正面にはエレベーターが二基。

金屏風のような扉の中、エレベーター内部も畳敷きで趣《おもむき》があった。

しかし……。

片隅で黒い霧のようなものが、ゆらゆらと揺れているのが気にかかる。大きさにすれば、バスケットボールくらいだろうか。璃子はパチパチと瞬きした。やはり黒いものはそこにいる。見間違いではないようだ。

無関心なところを見ると、どうやらビャクには視えていないらしい。現実でも空想の中でも、璃子にだけ視える何かがあるようだ。

こういうときは空気を読んで何も言わない。経験上、視えるなんて言い出したら気味悪がられると知っている。

また、璃子にはそれがなんなのか、良いものか悪いものかも分からない。ただちょっとだけ嫌な感じがする。

用心深くエレベーターに乗り込むと、ビャクが操作盤の最上階〈拾捌《じゅうはち》〉のボタンを押した。

『最上階の十八階は、事務所兼伊吹様の住居となっています』

「最上階が十八階？」

たまゆら屋の最上階は十六階で、和風ダイニングと夜空が見える茶室ラウンジがあるはずだ。プロモーションサイトを閲覧したとき、都心なのに風流だなと興味を引かれたので記憶に残っていた。

ここはたまゆら屋だけど、璃子の知るたまゆら屋とはどこか違う。

（それならそれで、もう少しだけ……）

正直なところ、璃子は現実世界の厳しさに疲れていた。

きっとまだ空想の中なのだろう。今はこの空間の心地よさに浸っていたい。

現実から目を逸らすように絢爛とした宿の内装を思い返しては、溜息を漏らすのだった。

✿

十八階に到着すると、またもや畳の廊下が延びていた。

『こちらでお待ちください』

右手には仕切りのない和室、〝お茶の間〟と書かれた木の札がかかっていた。市松敷きの琉球畳に和モダンな低めのソファ、それからちゃぶ台に似せたローテーブルが配置されている。

璃子を残し、ビャクは廊下の先にある事務所へと消えていった。

(待つしかないよね)

璃子は静かにソファへと腰掛ける。

物珍しげに部屋の中を見渡していると。

「いらっしゃいませ」

チリン、鈴の音が鳴る。

璃子の前に、いかにも和の雰囲気が似合う涼やかな風貌の男子があらわれた。たなびく雲にも見えるエ霞柄カットソーに、墨色のサルエルパンツという個性的なユニフォーム。切れ長の目元と長身は、まるでショーモデルのようだった。

たとえ鼻と口元を朱色の布で覆っていようとも、獣の耳と尻尾を持っていようとも。

(イケメンだ――)

独特な雰囲気を纏った男子に、うっかり見惚れてぼんやりする。そんな璃子の前に湯呑が置かれた。

「和紅茶です」

「和紅茶?」

「国産茶葉の紅茶です。緑茶も紅茶も茶葉は一緒、製造方法が違うだけだとか」

「そうなんですか。美味しそう。いただきます」

ふわりと口の中に広がる自然の甘みに璃子はうっとりする。渋みはほとんどない。すっきりとした後味だった。

すると、

『何にせよ安心した』

どこからともなく、心が引き締まるような男性の声がした。

(今の声……誰だろう?)

璃子は視線だけを動かし周囲の様子をうかがう。しかし、他に人は見当たらない。

「和菓子にも洋菓子にも合いますよ。お好きなものをどうぞ」

様々な模様・形をした豆皿がいくつも並べられていく。

(ひょうたんと、こっちは扇かな?)

丸や四角だけではない、ユニークな皿に心が躍る。

皿の上には、金平糖、ラムネ、クッキー、ドライフルーツ、ナッツ、どれも可愛い。贅沢なお茶請けだ。

（空想だとは思うけど、今は覚めないで）

祈りながら、黄色の金平糖を口の中で転がす。甘酸っぱさが溶け出し、思わず頬を緩ませた。はじめて食べたレモン味の金平糖に、璃子は幸せな気持ちになる。

『何事もなければ良いが』

またしても声がした。どこかで聴いたことがある声だ。

獣耳のイケメンは言葉を発してはいない。璃子は不思議に思う。

「トコヤミ様、お給仕は私が」

そこへ慌てたように作務衣姿の仲居がやってきた。名札には菫《すみれ》とあるが、先程出迎えてくれた桜と双子のようにそっくりな外見だ。

「このくらい、かまわないよ」

「早くビャク様のもとへ行ってさしあげてください」

「ありがとう」

トコヤミと呼ばれた男性は璃子に礼をして、音もなくするっと下がる。やがてその姿は淡い光に包まれてしまった。

（まさか、消えた？）

本来なら、連続する不可解な現象にもっと恐れを感じてもいいはずだ。なのにそうならないのは、友人の部屋を訪れたような居心地の良さが、ここにあるからかもしれない。

また、目に映るものすべてが幻想的で美しく、ますます璃子は現実を忘れそうになっていた。次の瞬間。

「きゃっ、若旦那様！」

菫が悲鳴のような声をあげた。

お茶の間にまた一人、別の和装男子があらわれる。

（今度は、いつの間に？）

先ほどの男が陰ならば、こちらの男は陽。眩い山吹色の羽織には、稲穂の紋が入っていた。そして。

（おかっぱ！）

なんとなく見覚えのある個性的なヘアスタイルを、璃子は凝視する。

「そなたが、りこ、だな」

凛と響くその声にも聞き覚えがある。人間とは違う気高い声に、畏怖の念を抱いてしまう璃子だった。

緊張からか全身がぎゅっと硬くなる。声を絞り出すようにしてやっと返事をした。

「はい」

「私は、ビャクの主、伊吹だ。この度は、礼を言う」

（つまり、神様）

伊吹から発せられるのは自然界の熱と風。

厳かな風が璃子の頬に触れる。春風のような暖かさがなんとも心地よい。

「以前にも、お会いしましたよね？」

ぽつりぽつりと思い出す。記憶が身体の強張りを解いていくようだった。

秀でた眉目、茶色がかったグレー――煤色の髪、少し不機嫌そうな表情も。

（ああ、あれも、この人だ）

璃子は右頬を押さえた。

おかっぱ頭の神様にキスをされたのを思い出し、恥ずかしさがこみ上げる。

キスとはどういうことだ。日本の神様も今どきは西洋風な挨拶をするのだろうか。うーん、と璃子は頭を抱える。

「覚えているのなら話は早い。既に契約は済ませたはずだ。今日からここで働くがよい」

「契約？」

伊吹はふいと視線をそらす。

「そなたは、たまゆら屋で働きたいのであろう？　ビャクから訊いておる。だから、働くがよい、と言っておるのだ」

いくらか強い口調だった。

「伊吹様、そのような物言いでは女子《おなご》は怯えてしまいます」

伊吹の背後から、青白い着物姿の美女が顔を出す。鼻と口元は、やはり朱色の布で覆われている。彼女がキツネの耳と尾を持つことは、もはや想定内だった。

(わあ、あの尻尾、もう一度さわりたい)

もふもふの尾に見入っていると、チリン、鈴が鳴る。

「りこさん、大丈夫ですよ。ちゃんと雇用契約書もご用意していますから」

「ビャクさん、ですよね」

「はい。ビャクです」

髪に飾られた鈴のかんざしが、その印だ。

「どういうことでしょう？　契約済みって、わたしがここに来ること分かっていたみたい」

璃子の言葉に、伊吹とビャクは顔を見合わせた。

「伊吹様は、すべて視えていたそうです。りこさんが私を助けてくださることや、お宿にあらわれることも」

どこか申し訳なさそうな声だった。

「これって、わたしの空想の中、ですよね？　視えていた？　だったら、たまゆら屋の面接は？」

璃子は混乱気味に訴えた。採用面接へのプレッシャーから、いつものように空想世界へ足を踏み入れたとしたら。

「不採用だってメールが来てて……」

冷静になれば、あのメールは真実なのだろうかと疑問が湧いてくる。また、いつもの空想にしてはまったく現実に戻れない現状に、改めて不安を覚えるのだ。

じとっとした目で、伊吹はそんな璃子を見ていた。

「面接に遅刻したうえ、のんびり茶をすすっておったくせに、往生際が悪いぞ」

痛いところを突かれ、璃子は答えに窮する。確かに、今さらもう遅い。

「幸い、境目のたまゆら屋では、採用だ。さっさとその契約書にサインするがよい」

伊吹はぶっきらぼうにそう言った。

（たまゆら屋は、やっぱり、たまゆら屋？　サカイメってなんなの？）

璃子は慌てて契約書を見る。契約期間、仕事内容、休日……、どれも一般的なものだが。

チリン、チリリン、鈴が鳴った。

「伊吹様、りこさんが驚かれていますよ」

消えたはずのトコヤミが、再び璃子の前にあらわれる。

（この人たち、神出鬼没すぎる）

しかし、キツネが言葉を話し、姿を変えても、神様の態度がやたら横柄であったとしても……空想世界だと思えば受け入れられる。ところが。

「りこ、空想ではないぞ」

伊吹が、無遠慮に璃子の顔を覗き込んできた。

（うわあ！）

間近に美形が迫り、璃子の心臓は飛び跳ねる。一気に頭がクリアになった。

「空想じゃ、ない？」

（なわけないでしょ！）

見目麗しい空想の産物に言われたところで、信憑性はまったくなかった。現実でない、としか思えない。

「ぼんやりせず契約書にサインしろ。ここで働けば、食う寝る住まう、全て揃っているんだから文句はあるまい」

（食う寝る住まう？）

璃子はもう一度契約書を見る。

「伊吹様、言い方というものがございます。一応、あなたは神様なんですから」

トコヤミが控えめに意見する。

「りこさん、夫のトコヤミです」

ビャクが璃子に説明した。

「この度は、妻のビャクがお世話になりました。ビャクは甘味に目がなく、匂いにつられて我々とはぐれ、ずいぶん彷徨っておりました。いよいよ霊力が尽きかけたところで、りこさんに助けていただきました」

「もしかして、トコヤミさんも、キツネですか？」

「はい。伊吹様の眷属、キツネです。福富神社《ふくとみじんじゃ》で一度、りこさんにはお目にかかっております。その節はきちんとご挨拶もせず、失礼いたしました」

「あのときの、黒キツネさん」

伊吹は神様で、トコヤミやビャクがキツネで、仮にそれがすべて自分の空想ではない、となると。

「どうして、わたしに、あなたたちが視えるんですか？」

霊感なんてないし、巫女の家系であるはずもない。御朱印集めだってまだまだ序の口だ。そもそも御朱印は、集めれば景品として霊力がもらえるようなスタンプラリーとは違う。だいたい、視る専門の人間やもっと信心深い人間は他にいくらでもいる――わたしじゃなくても、と璃子は思う。

「もちろん、りこさんにも私たちを感ずる能力が少しはあるのでしょうが、それ以上に重要なことがあります。私たちが、りこさんに関心を抱いている、という点です。私たちも、ついうっかり姿を見せてしまうことがありますが、繰り返しはいたしません。私たちを目にした人間も、たった一度きりのことならば気のせいか夢だろうと、いつしか忘れてしまいます」

トコヤミの語りは穏やかだった。

「つまり、我らの意思で、そなたの前に姿を晒しておる。そなた……、いや、りこ、なにを迷うておる？　仕事をしたいのであろう？」

イライラしたように伊吹が言った。璃子のほうも、売り言葉に買い言葉ではないが、つい反論めいた返事をしてしまった。

「そうですけど、住み込みだなんて求人欄になかったたし」

「そうなのか？」

伊吹が訊ねると、「よろづリゾートの求人欄にはございません」とトコヤミが答える。

「りこさん、住み込みだと困りますか？　通いのほうがいいのかしら」

ビャクが、そっと庇うように璃子のそばに立つ。

「ええっと、よく考えれば……、住み込みのほうが助かります」

ただでさえ、東京の家賃は高い。失業中だった璃子は、貯金を切り崩して生活していた。仕事も住む場所も確保できれば、母親に心配もかけずにすむし願ったり叶ったりだ。

「良かった。これで離婚の危機を免れました」

ビャクの目が三日月のように微笑む。

「離婚？」

「ちょっと試してみますね」

そう言って、ビャクは〝お茶の間〟を出ると、エレベーターに乗り込んだ。階数表示のランプが、十八、十七、十六と順に点灯する。

籠が下がるにつれ、ぐい、と引っ張られるような感覚がして、璃子は足を踏ん張った。ところが十五のランプが光ったとき、抵抗虚しく璃子の身体は、勝手にエレベーターへ向かって突進しはじめる。

「きゃあ！」

扉に激突する寸前で、すばやく回り込んだ伊吹に抱きとめられる。

「ビャク、危ないだろう！」

伊吹が虚空に向かって怒鳴りつけると、淡い光を放つ玉があらわれた。抱き合う二人の頭上で玉は弾け、中から白キツネが飛び出す。

『失礼しました。お怪我はありませんか？』

「ビャクさん、これは？」

璃子はびっくりして訊ねた。

ビャクはくるりと回転し、再び人の形となる。

「ごめんなさい、私、意図せずりこさんに憑いてしまいました。伊吹様にもご相談しましたが、事情があって今は祓えないと。つまり、しばらくこのまま憑かせていただきます。

となると、りこさんと行動をともにせねばなりません。離れようとすると、先ほどのように危ない目に遭わせてしまいます。さほど大きくない結界の中に一緒にいる、そのようにイメージしてください」

「ということは、わたしがこの宿を出ると」

「はい。私もご一緒せねばならず、夫と別居することになります」

悲しそうにビャクは袖で顔を隠した。

「ところで、助けていただいたりこさんに、なぜ憑いたりしたんだ？」

トコヤミはやさしくビャクの肩を抱いた。

「分かりません。心当たりといえば、クッキーサンドの行列に二時間も並んでいたのに、りこさんに連れ出されたことくらいしか」

ビャクは少しばかり恨めしそうに言う。

（ビャクさん、怒ってたの？）

不穏な空気が漂った気がして、璃子の背中がゾクリとした。

「りこ、大丈夫か？　震えているな」

伊吹に背中をなでられ、璃子はハッとする。神様とはいえ男性の腕の中にいるという状況に、一気に恥ずかしさが込み上げてきた。

「嫌っ！」

璃子は思わず伊吹を突き飛ばしてしまった。

伊吹がふらつきながら二、三歩下がる。踏みとどまったところで顔を上げ、困惑したような表情で璃子を見た。

自分がこんな目に遭うとは思わなかった、まさにそんな顔だ。

「りこさん、お手柔らかに。神様ですから」

トコヤミが伊吹の前に立ち塞がった。この状況に神様はきまりが悪そうにしている。

「あとは、汝らに任せる」

いよいよいたたまれなくなったのか、ふっとその場から伊吹は姿を消してしまった。

＊

「桜茶をどうぞ」

トコヤミは、並んで座る璃子とビャクの前に湯呑を並べた。

桜茶は、塩漬けにした桜の花に湯を注いだ飲み物だ。結納等の御祝いの席で振る舞われる茶であるが、璃子がトコヤミの真意に気づくことはない。

薄ピンクに色づいた湯に浮く、可愛らしい桜に自然と笑みが零れる。やわらかな花の香りが心を落ち着かせてくれた。

口に含むと。

『案ずるな』

耳元に囁かれる感じ。

それは伊吹の声……のような気がした。

「さっきはごめんなさい。伊吹様、まだ怒ってますか？」

璃子は自分の態度を反省した。

「大丈夫ですよ。神様ですから」

トコヤミはやさしげな笑みを浮かべる。

（神様って、イメージしていたのと違う）

璃子には、伊吹がまるで人間と同じように感じられた。

「りこさん、どうされます？」

ビャクは、テーブルの上に、雇用契約書、ペン、朱肉を並べていく。

（どうするもなにも）

「就職するために来たんですから」

（辿り着いた場所は少し違ってしまったけど、ここで生きていけるのなら……！）

璃子は覚悟を決め〝楠木璃子〟と本名をサインした。

雇用契約だって中途解除できるはずだ。璃子の頭を、求人詐欺や就職詐欺の文字が一瞬かすめるが、何かあれば弁護士に相談しようという考えに落ち着く。

璃子の常識がこの不思議な世界で通用するのかどうかはともかく、誰にも頼らず生きる方法が他に思いつかなかった。

「良かった」

「ありがとうございます」

ビャクとトコヤミはホッとしたような笑顔になる。

璃子が拇印を押すと、氏名欄に書き込んだ名前が煌めいた。凝ったエフェクトも空想ならではかもしれないが——。

「うわ、え、ちょっと待って！」

空白部分にふわりと浮かび上がる文章が目に飛び込む。

契約内容のところに、それまでなかった一文が差し込まれたのだ。

〝甲は乙と婚姻すること〟

（こ、婚姻？）

神様がこんなインチキをするなんて信じられない。

（って、これも、わたしの妄想？）

仕事や住む場所は火急の事情であるけれど、結婚は必要ないはずだ。

(どうして、空想の中で結婚しなきゃならないの?)

もしかして、潜在意識として結婚願望でもあるのだろうか、とますます混乱してしまう璃子だった。

「ここ、神様と結婚するって意味ですか?」

契約書を指し示して問いただす。

(しかも、相手は……)

「そうなりますね」

トコヤミはにっこり微笑んだ。

(人間と神様って結婚できるの?)

問題はそこじゃない、と璃子は頭を振る。

「こんな文章、さっきまでありませんでしたよね?」

「えー、そうですか? 見落としじゃないかしら」

ビャクはすっとぼけた調子で言った。

「あっ、もしかして、不採用のメールもあなたたちの細工じゃないですか? わたしを宿に留まらせて神様と結婚を……する必要って、そもそもあるんでしょうか?」

璃子は反論しようにも、自分の置かれている状況が今ひとつ理解できなかった。

「たまゆら屋の若女将業は、前身の旅館時代から代々経営者の奥様が務めております」

　ビャクは目を細めた。

「若女将？」

　トコヤミの目があやしげに光る。

「はい。伊吹様たっての希望で、〝璃子〟さんには、若女将を担当していただきたいとのこと。当旅館には若女将が不在で、高齢の大女将が取り仕切ってはおりますが、そろそろ引退を視野にいれております。どうか〝璃子〟さん、我々にお力を貸していただけないでしょうか」

　トコヤミが粛々と璃子の名を口にした途端、ぎゅっと心をつかまれたような感覚になるのだった。

（なんだか、変な感じ……）

　どくん、どくん、と心臓が鼓動した。

「こ、困ります、親にも言っていないし」

　璃子は動揺していた。仕事はしたいが結婚するつもりはない。当然、若女将だなんて荷が重い。

「ご安心ください。近いうちに、璃子さんのご両親を当宿へご招待する予定です。そしてもちろん、これは若女将をしていただくための婚姻ですよ。どうか難しくお考えにならないでください。あくまでもお仕事ですから」

(結婚が仕事……？)

心と身体がちぐはぐになる。逃げ出したいのに、足に根が生えたかのように動けない。

もしかして、契約書にサインしたせいだろうか。軽率に契約を交わしたことへの後悔と、ただの雇用契約なのだから大丈夫だ、という思いがせめぎ合う。

「仕事のための婚姻なんですね？　仕事をやめたら契約も無効ですよね？」

璃子は、頭の中を整理するように繰り返した。

常識で考えれば、雇用契約書が婚姻届になるはずがない。そもそも、自分が作り出した空想の世界で、まともな議論をすることに意味があるとも思えない。

なのに伊吹の、「空想ではないぞ」という言葉がしつこく頭の中でこだましていた。

「はい。お仕事上の婚姻です」

トコヤミは淡々と告げた。

「どちらにしろ、大女将の承認もいりますし、今のところは若女将候補、と考えていただければ。ただし、神様との契約ですから、むやみに破棄することはできません。もちろん、功徳《くどく》を積めば神様もお許しになるでしょうが」

深みのある低音が耳に流れ込んでくる。

(もう、いいか)

いずれにしても、面接には間に合わないだろう。そもそも、面接を受けたところで採用されるかどうかは分からない。ここでなら、希望通りたまゆら屋で働けるのだ。それに、自分一人が消えたところで、現実世界は大して変わらない——元派遣先のオフィス、学生時代のキャンパス、懐かしい故郷の海、思い出の中にある様々な光景が遠ざかっていく。

ぼうっとする頭で、ついになにかを璃子はあきらめた。

どうせしばらくのあいだ、お世話になるしかない。通帳の残高を頭に浮かべ、璃子は決心を固めた。その瞬間、視界がひらけたような感覚になる。

「功徳って、善い行いをすればいいんでしょうか？　仕事に励めばいいのかなぁ……」

念の為、契約解除の方法も知っておくべきかもしれないと璃子は思った。

「そうですね。お仕事を励まれますと、神様はお喜びになるでしょう」

憧れのホテルで働けるのだから、そこは問題ない。他に問題があるとすれば。

「お客様って、人間ですよね？」

「お客様は人間……だけではありません」

トコヤミが言い、やっぱり、と璃子は顔をひきつらせる。

「たまゆら屋は、現世《ウツシヨ》と幽世《カクリヨ》の関所も兼ねております。旅の途中、ありとあらゆる人や人ならざるものが疲れを癒すためのお宿です。境目のたまゆら屋では璃子さんに馴染みのある人間よりも、むしろそれ以外のお客様が多く利用されます。また、お客様以外に、人とも人ならざるものともつかない曖昧な存在が、たまに紛れ込む場合がございます。我々はそれらを、旅人と呼んでいます」

「ウツシヨとカクリヨ？　たまゆら屋が関所で、お客様と旅人がやってくる？」

「境目とはウツシヨとカクリヨの境界域のことです。あの世とこの世を繋ぐ黄泉比良坂《よもつひらさか》のような場所がいろんなところにあり、たまゆら屋もそのひとつとお考えください」

（ヨモツヒラサカ？）

トコヤミの目に青い光が宿る。

「他にご質問は？」

「ええと、人間のお客様、驚きませんか？」

遠慮がちに、璃子はビャクの獣耳を見た。一風変わった姿の彼らと普通の人間が、同じ空間にいる。状況が想像しづらい。

「ご心配は無用です。たとえ館内ですれ違ったとしても、人間が人ならざるものに気づくことはありません。普通の人間ならばね」

トコヤミの含みのある物言いに、璃子は少しばかり恐ろしくなるのだ。

「スタッフには桜たちのような人間もおりますから、おもてなしも万全です」

（ということは……）

トコヤミは、璃子が旅館のルールを理解できずに黙り込んだと思ったのかもしれない。

「これから研修がありますので」

「そ、その、人ならざるものって、つまり、幽霊や妖怪ってことでしょうか？」

勇気を出して訊いてみる。エレベーター内で見かけたゆらゆらした黒いものはもしかして、トコヤミが言う〝人ならざるもの〟だったのではないだろうか。

「もちろん。たまゆら屋を含め、境目には、あやかしたちが大勢訪れますよ」

（あやかし……）

璃子はゴクリとつばを飲んだ。

「村の出入り口である橋や、家の出入り口である門、あらゆる境目にあやかしはあらわれるのです。空間だけではない、逢魔時《おうまがとき》など、時間の境目にも」

「どうして？」

どうしてそれらが存在するのだろうと、璃子の中に疑問が生じた。

「あちらとこちらの〝境目〟がある、人ならざるものが存在する。それらは人間が信じ、生み出したものだと私たちは考えております」

トコヤミは静かに告げた。

璃子は日本橋を渡ったときの奇妙な感覚を思い出していた。きっとあれが境界域のはじまりだったのだ。

「そう言えば幽霊や妖怪は、人間の心が作り出したものだとなにかで読んだことがあります。エレベーターで見た黒い霧もやっぱりそうだったのかな……」

（もしかして、神様も？）

　不機嫌そうな顔をした強引な神様を、璃子は咄嗟に思い浮かべた。

「だとしたら、そんなに怖くないのかも。だって、お客様ですしね。それに、ビャクさんもトコヤミさんも、人間とそんなに変わらないもの。とくに、そのしっぽ、かわいい。触ってみたい」

「遠慮なさらず触ってください。璃子さんとは仲良くできそうな気がしていました」

　ビャクが嬉しそうに言う。口元は見えないが笑っているような気がした。

「ちょっとだけ。失礼します」

　璃子はビャクの尾に触れる。

「ひゃあ」

（ふぁさふぁさー）

　あたたかくてやわらかでふかふかの毛布のようだ。

「いやぁ。くすぐったいですぅ」

「ご、ごめんなさい」

　ビャクの絹糸のように艶めいた月白《げっぱく》の髪が揺れ、チリンとかんざしの鈴が鳴る。そこで。

「もしも我ら以外にも、繰り返し姿を見せるようなあやしき存在がありましたら、何らかの理由で璃子さんに執着しているのかもしれません。小さなことでも、教えていただければと存じます」

トコヤミが神妙な面持ちで言った。

「はい。あ、そうだ。神様との契約って書面だけじゃなく、キ……」

「えっ？」

ビャクが不思議そうな顔をする。

「いえ、いいんです」

神様にキスされたなんてとても口にできない。璃子は真っ赤になって手を振った。

✿

居室として用意してもらった和室で、とある事情により璃子は頭を悩ませていた。そこへ救世主があらわれる。

「仲居の雪《ゆき》です」

雪という名前どおり、色白の美女だった。彼女が部屋に入ったとたん、室温が二、三度下がったのは思い過ごしではないはずだ。

ビャクのように獣の耳や尻尾はない。しかし純白の作務衣に黒髪のロングヘアが物語っていた。雪は、自分は〝雪女〟だと言った。

「璃子さんの着付けを手伝うように言われてまいりましたが、その格好、どうしたんですか？」

雪のただでさえ冷たい表情が、さらに気難しくなる。

「なんだか、こんがらがっちゃって」

着替えるようにと渡された色無地の着物。

ところが璃子は着物を一人で着たことがない。スマホで着付けの動画を観ながら頑張ってみたが、襟元はぐちゃぐちゃ、お端折りはもこもこ。

あっちこっち引っ張って整えようとしたところ。

「襲われたわけじゃないですよね？」

ついには、上も下もはだけて、身体に帯だけ巻きつけているような、見苦しい状態となってしまった。

「助けてください、寒い」

下着はつけないほうが良いとあったので、とりあえずブラは外した。裸に近い状態で身体を抱きしめ、璃子は震えている。

「まあ、かわいそう」

かわいそう、と言うわりに雪は無表情だった。雪の白い手が璃子の体へと伸びてくる。

「ひゃあああっ！」

触れられた雪の手があまりに冷たくて、咄嗟に璃子は悲鳴をあげてしまった。

「何事だ」

すると、すっと襖が開いた。羽織も袴もない着流し姿で、厳しい顔つきの伊吹があらわれる。

(はっ？)

璃子は口を開けたまま固まった。

「そういうことか」

伊吹は璃子のそばまでやってくると、するり、と帯を解く。さらに、裾よけや肌襦袢を手際よく着付ける。

(あーれー？)

くるくるくるくる、璃子は回転する。

伊吹の手によって、あっという間に仲居の出来上がりだ。これぞ神業、時間にして数十秒である。

(わたし、裸、だった……よね)

「よし、申し分ないな」

呆然とする璃子を眺めて、伊吹は満足そうに言った。

（裸、だったよ？）

「若旦那様、お見事です。身丈・裄丈とも問題なし。璃子さん、案外と手足が長いので心配だったんです。大柄ではありますが、痩せ型で凹凸の無い身体は着物がよく似合います。シンプルなお顔は言わずもがな」

雪は表情ひとつ変えずに言った。璃子は、果たして褒められているのかどうかと考え込むが、今、重要なのはそこじゃない。

（裸、だったのに！）

「嫌っ！」

正面に立つ伊吹を押しやろうと、伸ばした璃子の手首が簡単に捕らえられる。

「浅はかな。何度も同じ手を」

伊吹は勝ち誇ったような表情をした。

「勝手に女性の着替えを……裸を見るなんてひどい」

「勝手にもなにも、ここは私の宿だ。それに女の裸なぞ見慣れておるし、ましてや璃子は私の妻だ。気にするな」

（気にするよ！）

嫁入り前なのに、という言葉は飲み込んだ。璃子は伊吹と、一応は婚姻を結んだのだ。

しかし、なんだかもやっとする。

「仕事のために、形だけの結婚だと思って契約しました。お金に困っているんです。わたしには、他に頼れる人もいません。それに、このホテルで働くことは憧れでした。だけど、あなたの妻としての務めは果たせません。クビにしていただいてけっこうです」

「妻としての務め？」

伊吹は、着物の袖口に手を入れて腕を組み、首をひねった。

「床入り、のことでは？」

雪が伊吹に耳打ちする。

伊吹は「そうか」と頷く。

「そなたには、森羅万象に耳を澄ます力がある。その力を使って客人の疲れを癒やしてほしい。とにかくプレオープンも近い。人手がいる」

「森羅万象？」

(どちらかと言えば、それって神様のお仕事でしょう？)

璃子は憮然とするが。

「璃子、そなたならできるはずだ。早々に修行せよ」

伊吹の声を聞くと、頑なな心は簡単に溶かされてしまうのだ。懐かしいような、切ないような、色んな感情を連れてくる声。

どうして、こんな気持ちになるのだろう。

そして、伊吹が自分に与えた役割はなんだろうと璃子は考える。

(もしかして)

森羅万象に耳を澄ますとはたとえで、つまりお客様を〝心からもてなせ〟ということだろうか。

(わたしに、できるのかな)

「時間がかかりそうだな」

伊吹は溜息を吐いた。

「致し方ない。床入りは、璃子が宿の仕事に慣れてからでかまわん」

「えっ!」

それだけは聞き捨てならない。

璃子は慌てて後ずさりし、真っ赤になって首を横に振るのだった。

✿

着物を着慣れない璃子は、なんだか落ち着かなかった。冷静になってみれば、若女将業の内容だってよく分からない。接客業とひとくくりに考えてよいものだろうか。

「わたしも雪さんのような服にしてもらえませんか?」

作務衣のほうが動きやすそうだ、と璃子は羨ましくなる。

「若女将業に、ご不満があるのでしょうか？」

雪の口から出る言葉が、やたら厳しく耳に届くのはなぜだろう。

「璃子さんはまだ、しきたりに慣れていらっしゃらないのよ。雪さんもどうぞ」

ビャクが雪に茶をすすめる。雪が湯呑を取ると、あっという間に緑茶の湯気が消えた。

伊吹の居室である、まるで本丸御殿の大広間のような座敷の、廊下を挟んだ隣に、璃子の部屋はあった。

衣紋掛けにリクルートスーツがかかっただけの、味気ない璃子の部屋。そんな場所で、ちゃぶ台を囲み大福をお供に、女子トークがはじまる。

プレオープンまでまだ日があるとはいえ、のんびりしていてもいいものか、璃子は心配しながらお茶をすすった。

しかし、慣れない環境に疲れもある。思いのほか美味しい食堂のランチを食べ過ぎたせいで、ひと息つきたいと言えばそうだった。

「だいたい伊吹様にはちゃんと許嫁が」

「わわわっ」

ビャクが叫び、雪がコホンと咳払いをする。璃子は会話が聞き取れず身を乗り出す。

「今、なんて？」

「とにかく、伊吹様は慈悲深い神様なのです」

雪にそう言われ、璃子はなんだか肩身が狭くなってしまった。契約がインチキだったり、勝手に着替えを手伝われたり、嫌な思いもしたけれど、神様相手にわがまますぎたかもしれない……？

（って、そんなわけないでしょ！）

仕事を与えてくれたとはいえ、関係ない。労働契約は労使対等が原則だ。

相手が神様だからって、裸を見られて恥ずかしくないわけがない。

「すみません。いろいろ良くしてもらっているのは分かります。ただ、伊吹様のことを神様だって思えないんです。人間の男性みたいで意識してしまうというか」

（これは、たぶん、警戒心だ——）

璃子にとって、恋愛感情はやっかいでしかない。異性に心を開くのはリスクが高すぎる。

『璃子と一緒にいてもつまらない。友達に戻ろう』

元カレとの過去を思い出しそうになり慌てる璃子だが、ビャクと雪が熱心に自分の話に耳を傾けていると気づき、話を続けることにした。

「神様との結婚ってきっと神聖なもので、わたしが考えるリアルなものとは違うんでしょうけど。ええとそれから、本当に嫌なのかと訊かれるとそうでもないんです、実は。結婚って家族になるってことですよね」

正直なところ、恋愛は向いていないし、結婚なんて異次元の話だ、と璃子は思っていた。それでも家族への憧れは漠然とある。

「誰かと家族になれるのだったら、少しだけ嬉しいような……ごめんなさい、べらべらと。それから、こうしてお二人に何でも話せてしまうのだって、やっぱりまだどこかで、自分が思い描いた空想の中にいるような、そんな気がしているからなんです」

子供のころから大人しく物静かなうえ、いつもぼんやりとしていた璃子には、自信を持って友達と呼べる相手はほとんどいない。誰かに自分の思いを聞いてもらうのは、気持ちのいいことだと改めて感じていた。

「空想の世界、ということでもいいですよ」

ビャクは言いながら璃子の空いた湯呑にお茶を注ぐ。

「私は璃子さんの世界に存在できることが、こうしてお話できることが、嬉しいです」

にっこりとビャクの目が微笑んだ。雪は相変わらず無表情ながら、「私も嬉しいです」と続ける。

璃子も嬉しくて、そして、少しだけ恥ずかしくなった。

「今夜の決起集会は、盛り上がりそうですね」

ビャクがにんまりする。

「決起集会？」

璃子がなんのことかと訊ねると。

「ただの宴会です。送別会、懇親会、お誕生日会やクリスマス会もありますよ〜。うちのお宿の従業員はみーんな家族みたいなもんですし」

「クリスマス会？」

神様が違っている気がする、と璃子は苦笑した。何かにつけて飲みたいだけなのだろう。

「となると、今夜は璃子さんの歓迎会ですね。お酒も料理も豪勢にしなくちゃ！　伊吹様のポケットマネーですし」

嬉しそうにビャクが言った。

(伊吹様の奢り……)

強制参加させられそうではあるが、お金の心配がないことに璃子はホッとする。

「厨房にも伝えておきましょう」

落ち着いた様子で雪が大福を口に入れた。

(このメンバーなら、飲み会も楽しそう)

わくわくしながら璃子も大福に手を伸ばす。

たまゆら屋プレオープンまであと十三日、璃子の境目暮らし初日は一見順調そうだった。

「ところで、この瓶はなんですか？」

璃子は、ガラス瓶に閉じ込められた春を見つける。

ちゃぶ台に置かれた瓶には、桃色の花びらが詰まっていた。

雪は「……っ、ふぅ」と大福を飲み込む。

「若旦那様に分けていただいた、桜の塩漬けです」

珍しく、雪の声がわずかにだが弾んだ気がした。

「璃子さんが先ほど飲んだ桜茶にも、これが入っていたんですよ」

ビャクが「綺麗ですよね」と瓶をかざす。

「もしかして伊吹様がこれを？」

璃子は雪に訊ねた。

「そうですよ。ご自分で毎年作られます」

瓶に封じ込めた春を眺めていると。

『案ずるな』

心地よい声が頭の中でリフレインする。

あの声の持ち主は、やっぱり伊吹のような気がしてきて、璃子の耳元はくすぐったくなるのだった。

弐　朝餉はごゆるりと

お品書き

カラフル鯛めし膳

●御飯
鯛出汁茶漬け
●香の物
沢庵
大根の梅酢漬け
梅干し
はりはり漬け
青菜の塩漬け

●菓子
ミックスナッツ味噌とクリームチーズのクレープ

璃子は夢を見ていた。

夢の中で、見覚えのある部屋に立っている。

お父さんの部屋だ、と璃子は辺りを見回す。

亡くなった父親が一人で暮らしていたアパートは、昔と変わらず寂しげだった。冷蔵庫の扉に貼られているのは、璃子の子供時代の写真。色褪せていてひどく物悲しい。

亡くなった父親の夢を繰り返し見てしまうのは、きっと後悔があるからだ。

璃子は、父親が病気であることを知らなかった。知っていたらどうしただろう。頻繁に会いに行っただろうか。分からない、と璃子は思う。

アパートの部屋から、葬儀場へと景色は変わる。

棺に入った父親が、璃子にはまったく他人のように感じられた。生前の父親と最後に会ったのは子供の頃だ。父親の顔を見て、懐かしいという思いはなぜか起こらなかった。

璃子は少ない親戚と一緒にひっそり父親を弔ったあと、魂の行く末を眺めるように空を見た。とても晴れ渡った空だった。だから余計に。

(泣けなくて、ごめんなさい——)

自分がひどく冷たい人間のように思え胸が痛んだ。

空から視線を下ろせば、故郷の鮮やかな景色が広がっていた。

『お父さん、もう戻らないの。これからはお母さんと二人でがんばろう』

両親が離婚したと知ったのは、十歳の夏休み。高台の神社から母娘で美しい海を見下ろした、悲しい夏の思い出が今も頭にこびりついている。父親の死に素直に涙を流せなかったのは、まだ割り切れていないせいだろうか——不意に。

ふわりと手のひらにぬくもりを感じる。自分の手を取った人物が誰なのか、はっきりと認識できない。ただ遠い記憶の中にある、父親の手のあたたかさに似ていると思った。

物悲しい夢から、明るい場所へ引き戻されるような感覚がする。

(なんだか、安心する)

『璃子、璃子』

声までとても懐かしい。自分の名を呼ぶ、低くてやわらかな声。そろそろ夢から醒めるのかもしれないと璃子は思う。

「璃子、璃子」

それは次第にほんのり甘く、そして透き通った声へと変わる。心地よくてとても目を開けられそうにない。しかし。

「起きよ」

耳元で囁かれ、璃子は驚いて目を見開いた。

涼しげな目元、すっと通った鼻筋、形の良い唇。美しい顔を前に呆然とする。

(ど、どうして?)

横たわる璃子の隣に居るのは伊吹だった。

たまゆら屋プレオープンまであと十二日、境目暮らし二日目の衝撃の朝。

「やっと目覚めたか」

はらり、と煤色の髪が伊吹の顔に落ちる。どちらが夢でどちらが現実なのだろう、一瞬混乱するが。

「わ、わたしの布団で、何をしているんですか?」

璃子が睨みつけると、伊吹は不愉快そうに顔を顰めた。

「何度も言うが、ここは私の宿だ」

ぎゅっと手を握られる。

「痛っ!」

璃子は小さく叫んだ。自分の右手がいつのまにか、伊吹と繋がれていることに驚く。

「は、離して!」

「璃子がつかんできたのだが」

「うそ！」

「私が嘘をつくわけがない」

（そりゃ、神様が嘘つきで詐欺師だったら、ややこしいことになるでしょーけど）

璃子はまだ、伊吹を完全に信用できずにいた。どこかあやしげな雇用契約だって、納得したわけではない。いよいよ身の危険を感じれば、なにがなんでも逃げ出すつもりではあるが。

それでも、璃子の中には神様を信じたいという気持ちがあるし、実際、神様の宿は居心地が良かった。美味しい料理にお酒、それからふかふかの布団。どれも至福――そんなことを考えていると。

ふらふらしながら部屋に戻り、ごろんと布団に寝転がった昨夜の記憶がだんだんと蘇ってきた。璃子の布団を敷いたのは誰だったのだろう。さらに。

あたたかななにかに抱きついた感覚までもが思い出される。顔が次第に火照っていくのを璃子は感じていた。

（昨夜の宴会で、飲みすぎた！）

鮮明になる記憶に狼狽《うろた》える。

「それにしても璃子は寝相が悪い」

「え？」

璃子はスースーする足下を見下ろす。下半身が掛け布団からはみ出し、長襦袢が太ももまでまくれあがっていた。

（きゃーーーー！）

「がっ！」

暴れる璃子の頭が、伊吹の顎に激突する。

「たとえ神様のお宿でもプライバシーはあるんですっ！　出ていってください！」

半べそになりながら、璃子は布団に潜った。

「はっ？　出ていけ？」

伊吹は顎を押さえ、驚愕の表情を浮かべる。人の姿をしているが神様である。ぞんざいな扱いにどうやら困惑しているようだ。

「ここは私の居室だが？」

視線を動かし周囲を見れば、確かに自分の部屋ではないと気づく。

「えっ、ごめんなさい！」

（まさか、私が神様を襲った？）

そんなことがあっては大変だ。璃子はますます狼狽えた。どうやら部屋を間違えて伊吹の布団に潜り込んだようである。

そこでチリンという鈴の音とともに、勢いよく襖が開く。

ビャクとトコヤミが、かしこまって正座していた。

「お腹が空いたので、そろそろ朝ごはんにしませんか？」

璃子に憑いているせいで自由のないビャクは、困っているようだった。

「よし。さっさと着付けてやろう」

「ぎゃっ！」

伊吹に強引に布団をはがされ、驚いた璃子はさらに暴れた。

「げほっ」

偶然にも璃子の肘が鳩尾《みぞおち》に入り、伊吹はうずくまるのだ。

「仲良きことは美しきかな～？」

ビャクとトコヤミはそんな二人の様子を、優しい眼差しで見守っていた。

✿

「朝食はございません。板長がストライキ中です」

十七階にある従業員食堂の入り口に、雪が涼しい表情で立っていた。なぜか両手には和書や巻物を山程抱えている。

「そ、そんな」

力が抜けたのか、ふらつくビャクを夫のトコヤミが支える。

伊吹は食事も取らず、さっそく仕事をするため事務所にこもった。神様と旅館オーナーを兼務しているため大忙しらしい。

神様の仕事は、人々の暮らしを見守るだけじゃない。死者をカクリヨに導くなど、思いのほか多岐にわたるようだった。

神様がお社を留守にしすぎるのもちょっとね、と璃子だって心配なのだ。

「はぁ、お腹が空いた。はぁ」

これみよがしにビャクがため息をつく。その度に口隠しの布がふわっと浮いた。

(わたしがのんびり寝ていたせいだよー)

働く気満々で仲居たちと同じ作務衣を着た璃子であるが、なんだか申し訳なくなり縮こまる。酔っ払って伊吹の部屋を陣取った自分が恥ずかしい。

(なんとかならないかな……)

そこでふと気にかかる。

「食堂の板長って、藤三郎《とうざぶろう》さんのことですよね？」

璃子は雪に小声で訊いてみた。昨夜、宴会の料理を用意してくれた包丁の付喪神、藤三郎を思い出す。

和包丁に手足が生えた奇妙な姿に璃子が戸惑っていると、藤三郎はすぐに人の形に変化《へんげ》した。白髪交じりの頭にはちまきを巻いて、照れくさそうに笑っていたような気がする。

宴会の光景は不思議で興味深かった。人も人ならざるものも、当たり前のように共に食事をし酒を酌み交わす。

「はい。藤三郎さんです。藤三郎さんの料理が時代に合わないという理由で、大女将から直ちにメニュー変更するようお達しがあったのですが、大女将が姿を見せなくなったのを良いことに、藤三郎さんは逃亡されました」

雪は一息に答える。どこか棘があるようにも聞こえたが、彼女にすれば通常運転なのだろう。

「藤三郎さん、熱心にレシピ本を読んで、新しいメニューを考案しようとされていたのにどうして？」

ビャクが弱り果てたように眉を下げた。

「そのレシピ本が、古いんです。厨房に積み上げられていたので、こうして片付けてきましたが」

雪が手にしているものが、どうやら古いレシピ本のようだ。璃子はそれらの本をじっくりと眺める。

「見てもいいですか？」

「どうぞ」

　糸で綴じられた年季の入った和本を、璃子は一冊手にとった。

「七珍万宝料理帖《しっちんまんぽう》」

　璃子の頭にはてなマークが無数に浮かぶ。

「江戸時代にベストセラーとなった料理本、『料理物語』、『万宝料理秘密箱』、『鯛百珍料理秘密箱』、『名飯部類』等をもとに編纂した門外不出の秘伝書だったようです。つまり、カクリヨ版の江戸料理レシピ本です。どうぞご覧ください」

　トコヤミの説明を聞き、璃子は黄ばんだ紙が破れないよう慎重にめくる。すると、どうしたことか開いたページが輝きだした。

「どうなってるの？」

　璃子は背表紙や裏表紙を確認する。飲食店などで見かける光るポスターのように、LEDライトが仕込まれているのではないかと仕掛けを探した。

「ただの料理本ですよ。読み手を選ぶだとか悪者を退治するという、まるで魂が宿っているかのような〝あやしの書〟だという言い伝えもありますが。あまり本気になさらないでください」

　おかしそうにトコヤミは言った。

「璃子さん、江戸料理はご存じでしょうか。ここでいう江戸料理とは、その名のとおり江戸時代にこの地で食べられていた料理のことです。読めますか？」

「読みにくい、いえ、読めません」

筆で書かれた古文書を解読するのは、璃子には難しかった。

(古典は苦手なんだよね)

璃子が困っていると、トコヤミが本の上に手をかざした。

「これで読めますよ」

「鯛めし……、わ、読める」

見た目は変わらず崩し字なのに、不思議と現代文のように読めてしまう。感動した璃子は何度も瞬きした。

気になるのは、レシピというわりに分量がどこにもないことだ。お好みで、と記されているだけ。そこで。

「お腹が空いて死にそうなんですけど！」

とうとうビャクが叫んだ。

「は、はいっ！　わたしがなんとかしますっ！」

璃子はビャクの気迫に押され、安請け合いしてしまうのだった。

璃子は厨房をぐるりと見渡す。

中央に調理台、向かって右側の壁際にはコンロやオーブン、そしてグリル。左側にある大きな扉は、業務用冷蔵庫だろう。

調理道具も設備も充分なものが揃っている。また、隅から隅まで美しく磨き上げられていた。

調理台の上には食材もたっぷりだ。キャベツ、小松菜、ほうれん草、トマト、にんじん、パプリカやレモンもある。

色彩鮮やかな野菜はどれもスーパーで見かけるものだし、生き生きとしていて新鮮だと分かる。とはいえ。

「わたしの料理で大丈夫かな」

母親と二人暮らしだったため、幼い頃から璃子が料理を担当した。進学で上京してからも、その流れで自炊している。

もちろん、極々平凡な家庭料理しか作ったことはない。とはいえ、お腹を空かせたビャクをこれ以上待たせるわけにもいかない。

璃子は『七珍万宝料理帖』を手に、いつものように「よし」と気合いを入れた。料理本を手にしただけでなぜかとても心強い。

しかも、ざっと目を通しただけなのに、『七珍万宝料理帖』のレシピが頭に入っていた。トコヤミが〝あやしの書〟と言っていたのもなんとなく頷ける。

（何度も読み返した本のように感じるなんて、不思議だなぁ）

ごはんは炊けているようだ。漂う甘い香りで分かった。となれば、味噌汁とおかずを準備すればなんとかなるだろう。

璃子は冷蔵庫を覗く。肉や魚、調味料、どれも馴染みのあるものばかりだ。庫内は清潔に保たれ、きちんと整頓されている。

（鮮度も問題なさそう）

そうしていると、ステンレスのタッパーに入った鯛のあらが目に入った。冷蔵庫から取り出し確かめる。ゆうに十匹分はありそうだ。

「そう言えばあの鯛めしレシピ、はじめて見たな」

鯛めしと聞けば、璃子は豪快に一匹丸ごと鯛をのせて土鍋で炊いたごはんを思い浮かべるが、『七珍万宝料理帖』は違った。

（酒と水で鯛をゆで、その汁を冷まして米を炊く、かぁ）

イメージの中で料理本を開いて、レシピを確認する。ゆで汁で炊いたごはんに鯛の身と、さらに出汁をかけていただくようだ。

（出汁茶漬けのイメージかな）

――ゾクリ。

急に、背筋に寒気がし小さく震えた。

「身のほうは、昨夜の宴会で、お刺身としていただきました」

「わっ」

いつのまにか背後に雪が立っている。

「お手伝いします」

さらにもう一人、桜や菫とそっくりな顔をした女性。名札には梅《うめ》とある。璃子は、桜・菫・梅が三つ子だと、昨夜の宴会の席で知った。

「よろしくお願いします」

璃子はぎこちなく頭を下げる。二人の登場にホッとしながらも、頭の中はメニューを考えるのに必死だった。

「梅は食品衛生責任者の資格を持っているんです。こちらも梅が」

雪が壁の張り紙を指し示す。『衛生管理チェックシート』には、手洗いからはじまり食材の確認や提供方法まで、事細かな項目が並んでいた。

「神様はもちろん、人やあやかしさんたちにも、安心安全なお食事を召し上がっていただきたいですものね」

言いながら、梅は三角巾とマスクを璃子に渡した。

「ありがとうございます」

「手洗いも二度洗いをおすすめします」

璃子は梅の指導のもと、正しい手洗いをした。洗う箇所は、手のひらや、手の甲だけでは足りない。菌が付着していると疑われる指の間や爪、そして手首から肘までを入念に洗う。爪はブラシを使うと良い。

「拭き取りはペーパータオルで。蛇口は触らないでください。仕上げに消毒も」

「さすがです」

「これも、食のおもてなし、ですから」

梅の言葉に璃子は納得する。

「とは言っても資格だけで、料理の腕はとうてい藤三郎さんには及びません。鯛を扱うなんてとても無理」

「ああ、鯛」

(甘くてコリッとしてたなぁ)

宴会では、鯛の刺身を醤油でなく煎り酒でいただいた。煎り酒は、江戸時代のメジャーな調味料。酒に刻んだ梅干しと鰹節を入れて煮詰めたものらしい。

鯛をしっかり味わえた感じ、と璃子は一人頷く。

素材を引き立てるのにちょうどいい塩気と酸味。醤油でいただくのとは違った美味しさだった。

それからキツネのビャクを膝に乗せ、競うように江戸前ずしも堪能した。タネ（ネタ）に塗られた煮切り（醤油にみりんや酒を入れて煮立てたもの）がまろやかで、思わず唸った。

（そう言えば）

「あの、ビャクさんは？」

「食堂のテーブルでぐったりしています」

正直な雪の言葉に璃子は冷や汗が出そうになる。お腹が空いたビャクは限界のようだ。

「桜たちの姿が見えないけれど、まさかまだ寝ているのかしら。決起集会ではさんざん飲んでいたものね。人手不足でオーナーが強く出られないせいで、みんな傍若無人なんだから。困ったものだわ」

さらに雪は無表情のまま愚痴を零した。

「申し訳ありません」

三つ子の代表として梅はビクビクしている。

それについては、璃子も苦笑いするしかなかった。自分も同じく酔っぱらい、朝までぐっすりだったのだから。

決起集会とは名ばかりの和やかな宴会ではあったけれど、冗談めいて「ベア！」とか

「ボーナス！」などと、あやかしも人間も言い合っていた。

そんな中、

「マタハラなくて良かった」

三人目を妊娠中である雨女のつぶやきは身につまされたし、

「お宿では、ワークライフバランスというよりワークライフミックスが重要かも？」

ウッシヨ出身・住み込み清掃係の意見は妙に納得できた。

境目での働き方にも多様性が求められていると、璃子は知る。

という風に、皆の話を聞いているうちに、お酒がどんどんすすんでしまったのだ。

「あっ！」

璃子はひらめいた。

「身なし鯛めしにしよう」

飲みすぎた翌日には、さらさらとお茶漬けが食べたくなるものだ。江戸料理の鯛めしならばちょうど良い気がする。そこで璃子のお腹もぐうと鳴った。

璃子は大鍋に水を注ぐ。それから、キッチンバサミで細めに昆布をカットし投入した。

（お出汁、出てこい〜）

本来なら昆布は長く水に浸したうえで煮出したいところだが、そこは時短ワザで乗り切る。

続いて、綺麗に洗った鯛のあらに塩を振った。十四分となれば、三人で手分けしても大仕事だった。

いっぽうで、大鍋を火にかけじっくりと低温で昆布の旨みを出す。

鯛のあらはしばらくおいたのち、臭みを抜くために熱湯をかけ〝霜降り〟をする。

ふと、記憶の奥底から、台所で料理をする母親の背中が浮かび上がる。もしかすると、〝霜降り〟と口にしたのは母親かもしれない。

そこから、高級な肉や、ビャクから教わった〝霜降り小倉〟を連想する。

〝霜降り〟って、粋なたとえだよね、と感心するのだ。

鍋から昆布を取り出したあと、鯛のあらと酒を入れ沸騰させた。

灰汁《あく》は丁寧に取りたいものだ。

(手早く、だけど、心を込めて)

濾した出汁は塩と醤油で味を整える。璃子は自分の舌をたよりに、お好みの味付けに仕上げた。

黄金色に輝く出汁に、鯛の身がなくてもじゅうぶん贅沢と満足する。

「香の物、出しましょうか？」

冷蔵庫から、梅はホーローの容器を次々と取り出す。

「うわ、きれい」

最初に目に入ったのは薄紫色の漬物だ。

「梅酢に漬けた大根です。他にも色々ありますよ。ぜんぶ藤三郎さんが漬けたものです」

クチナシで色づいた黄色の沢庵も鮮やかだ。

梅が厨房の奥を指差して言う。

「あそこの倉庫の中にも、漬物樽がひしめいています」

「あっ」

璃子はさらにひらめいた。倉庫の入り口そばにある、食器棚に気づいて中を覗く。

「この豆皿、使ってもいいですか？」

昨日、〝お茶の間〟で出てきた茶請けから連想した。

確か、和食屋さんの『粥と小鉢の朝ごはん』というメニューを、ＳＮＳで見たことがある。お粥と数種類の小鉢がセットになったものは、かわいらしくてときめいた。

（色んな漬物を少しずつ添えよう）

「梅干しの赤や、青菜の緑も」

璃子はわくわくしながら出汁を温め直す。

「火加減は私が。わ、鯛のお出汁の良い香り。ああ、でも身体が溶けそうに熱いわ」

雪は用心深く、コンロから距離を取って見守っていた。

「ラストスパート」

白地に藍色の、ひょうたん、千鳥、松など、縁起物の柄が入った小さな皿。従業員食堂とはいえ、すべて陶器である。

璃子は様々な模様の豆皿を前に、ますますはりきった。天然木のカジュアルな会席膳へ、色とりどりの漬物を盛った皿を並べていく。

準備が整ったところで、宴会メンバーの顔を思い浮かべつつ配膳車を引いてきた。

スタッフは何人いるのだろう……、璃子はふと考え込む。

包丁の付喪神と、それから雨女に清掃係、他には尻尾が二本の猫や一つ目の傘もいたはずだ……他には。

旅館のシフトは三交替制と聞いている。ということは朝食を取るスタッフはだいたい宴会に参加した人数の三分の一。璃子のような住み込みスタッフをそこへ足すと。

(十五人分で足りるかな？)

「スタッフの人数分、これで足りますか？」

「あと二人分、追加お願いします」

慌てたように梅が返した。

「はーい」

璃子と梅は、急いで茶碗にごはんをよそう。

「トッピングは海苔と胡麻……、あとは柚子かな」

璃子の包丁を持つ手は、母親に教わったとおりだ。

刃を挟むように持ち、柚子を回転させながら薄く皮をむく。

皮の白い部分は、削ぎ落とし千切りに。

鼻先へふわりと柚子の香りが届く。爽やかな朝に、鯛の出汁に、きっとぴったりだ。

雪が熱々の出汁を急須へ注ぐ。出汁は食べる直前にかけたい。

「配膳します！」

璃子はふぅと息を吐く。

江戸料理のレシピをもとにした、『鯛めし膳』のできあがりだ。


伊吹の居室である大広間に、朝餉《あさげ》のお膳が二つ。スタッフ用に準備したトレイとは違い、足のついた高膳だ。

膳の上には、鯛めし風出汁茶漬けと、豆皿に盛ったカラフルな香の物が五種類。

神様へのお供えものがこれで正解なのか、璃子には正直分からなかった。

（しかし、緊張する……）

璃子は伊吹と向き合って座っている。

神様である伊吹は、食堂に出向いてスタッフたちと食事をとることはない。

また、伊吹の給仕は、見習い若女将である璃子の仕事のようだ。

(それはいいとして)

神様と二人きりで朝食をとることが、ある意味、何よりも苦行だった。

伊吹は自ら、急須の出汁を茶碗に注いだ。まず自分が先に箸をつけてから、璃子にもすすめる。

「璃子も食べるがいい」

「はい。いただきます」

神様の前で食事とは畏れ多い気がするが、もうお腹はぺこぺこだ。はやる気持ちを抑えながら、璃子はごはんに出汁を注いだ。

(ああ、いい匂い)

胃の辺りがきゅっと締めつけられる。空腹にこれ以上耐えられそうにない。

伊吹がいるのも忘れて、いつものように大きな口を開けてパクリ。

口の中にやさしい海の味が広がった。出汁の味わいは最高で、一気に飲み干してしまいたくなるほどだ。鯛のコクと昆布の旨みが、身体にじわりと染み入ってくる。

「今朝は、茶漬けか」

(質素すぎたかな)

やはり神様は、ふだんお茶漬けなど食べないのかもしれない。

いや、神様が人間のように食事をすることでさえ、理解をすでに超えている。

バチが当たらないだろうか、短気な神様がお怒りにならないだろうか、いろんな考えが頭にうずまき璃子は焦りだす。

「鯛のお出汁の茶漬けです。藤三郎さんのレシピ本にあった鯛めしをアレンジしました。江戸時代の鯛めしって、炊き込みご飯じゃないんですね。はじめて作ったのでお口にあうかどうか……」

言い訳じみた説明をしてしまう。しかし。

思いもよらず、伊吹は鯛出汁茶漬けをすすって「美味い」と言った。それから。

「江戸では朝に米を炊き、昼と夜は冷や飯を茶漬けにして食べていたのでな」

深く感じいったように、あたたかな茶漬けを眺める。

江戸時代ならば、竈《かまど》で米を炊くのもひと仕事だっただろう。一日分を一度に炊くのが合理的ということだ。

ましてや炊飯器で保温もできないし。

冷や飯を美味しくいただくために、熱々の出汁をかけたのだろう。

「大通りには茶漬け屋もあったぞ」

「そう言えば、地下鉄の駅地下で絵巻を見ました」

地下コンコースには確か、江戸時代の町並みが描かれた絵巻物が展示してあったはずだ。絵巻を思い浮かべながら、茶漬け屋は当時のファストフードだったのかもしれないと、璃子は考えを巡らせた。

「『熈代勝覧《きだいしょうらん》』か」

展示物は『熈代勝覧』のレプリカで、江戸時代（文化二年）の日本橋（日本橋室町《にほんばしむろまち》あたり）の様子がよくわかる貴重な資料である。

当時の町人の姿や木戸があった場所など、璃子にはどれも興味深く感じられた。

原画は、ベルリン国立アジア美術館に所蔵されていると記してあったことまで、しっかりと覚えている。

「上方では冷や飯は茶漬けでなく粥にしておった。あちらは江戸と違い、昼に飯を炊くので翌朝はずいぶん固くなってしまうからな」

伊吹が茶漬けをすすって懐かしそうに言った。

（上方？　京都かな？）

璃子は少し考えてから訊いてみた。

「伊吹様もご旅行されるんですか？」

「たまには、な。今は宿の仕事が忙しい」

昨夜も伊吹は一人で事務所にこもって仕事をしていた。

旅館営業をはじめるためには自治体の許可が必要だ。旅館業法ではフロント設置場所や面積、採光や排水の衛生面など、事細かに規定があるそうだ。

境目でのルールがどうなっているかは定かではないが、人間もやってくるわけだから適当なことはできないだろう。

大変そうだ、と璃子は思う。

(たとえば、収容定員に対して給水栓、つまり蛇口の数が決まっているとか)

昨夜の宴会でそのような会話を耳に挟み、単純に驚いた。

厳しい審査を通過し、プレオープン目前という状況だ。そんな中、自分は酔っぱらってしまったのか、と少しばかり璃子は後ろめたくなる。

(歓迎会も兼ねていて断れなかった、なんて弁解するのもなぁ)

藤三郎が作り置きしていた、切干大根のはりはり漬けをポリポリ食べる。そして食べながら伊吹のことを考える。

(神様にも休日ってあるのかな?)

ゴクンと飲み込んだあと、璃子は言った。

「お忙しいでしょうが、リフレッシュも大事ですよ」

(神様業がブラックだなんて、なんだか救われない)

璃子は、「息抜き、息抜き」と、伊吹に微笑みかけた。

伊吹は不思議そうに璃子を見返す。

「だったら二人で……、そうだ、あれをしよう」

顔を赤らめ、もじもじしはじめる伊吹に璃子は眉を顰める。

「あれ、とは？」

「あれと言えば、デートだ。デート」

ぶっきらぼうに伊吹は言った。

「デ、デート？」

びっくりした璃子の箸が止まる。

「まさか、デートを知らぬのか？」

「知ってますよ、もちろん」

璃子だって、一度や二度、いや、たった一度ではあるがデートくらいしたことはある。

「よし、決まりだ。このあとデートだ」

「ええっ？　これから？」

「宿が正式オープンすればますます忙しくなるからな」

伊吹は「美味い」を連発して、心底おいしそうにごはんを食べていた。

（デートくらい、まぁいいか）

幸せそうに食事をする伊吹を見ていると、案外、若女将業も悪くない気がしてくる。

とはいえ、璃子が若女将の仕事を理解しているとはまだ言い難い。それでも誰かのために料理をするのは嫌いではないようだ。

璃子は、自分の適性やなにをやりたいのかが分からずに就職活動で苦労した。

（料理は、生活の一部だけど……）

何気なくできていることが、実は自分の強みなのではないか。そんなことを、ふと今になって思う。

すると、背後でチリンと鈴が鳴り、静かに襖が開いた。

そこに座っていたのはビャクだ。ビャクとトコヤミは二間続きの座敷の片方で食事をとっている。

「デート、私も付き添うことになります、が、げほっ、げほっ」

むせ返るビャクの、口隠しの布がめくれそうになった。

壁に耳あり、どころか、襖にも耳あり……、と璃子は悟る。

この状況ではプライベートはないだろう。

「失礼いたしました」

ビャクは後ろを向いてお茶をすすり、ふぅと一息ついたあと盆を差し出してきた。

「改めまして、デザートが届きました」

「ありがとうございます」

盆に載った菓子は、璃子がレシピを伝え梅に用意してもらった『ミックスナッツ味噌とクリームチーズのクレープ』だ。

「どうぞ、さっさと……いえ、早めにお召し上がりくださいませ。伊吹様が口になさらないと私どもは食べられませんので。ああ、なんて美味しそう……」

ビャクは両手をついて丁寧に頭を下げた。どうやらデザートを前に「待て」をされ不機嫌になっているようだ。

それでも「美味しそう」と期待を膨らませるビャクに璃子はホッとする。

「ふのやき、か」

襖が閉まると背後で伊吹がつぶやいた。

「はい、ふのやき、です。やはりご存じでしたか」

璃子は伊吹を振り返る。

ふのやき（麩の焼き）にはいろんな製法があるようだが、『七珍万宝料理帖』は江戸時代の菓子専門書『古今名物御前菓子秘伝抄』のレシピをもとにしていた。

伊吹にもなじみがあるようで。

「もちろん。小麦粉を水で溶いて焼いた皮に、味噌と砂糖、それから砕いたくるみをくるんだ菓子だな」

詳しいレシピを知っていた。

で包んだ。

砕いたミックスナッツをフライパンで煎り、そこへ砂糖、味噌、みりん、酒を入れて弱火で煮詰め、ミックスナッツ味噌を作る。さらにクリームチーズと和えて、クレープの皮で包んだ。

「ミックスナッツ味噌とクリームチーズのクレープ、です」

いつか定食屋で出てきた、箸休めのくるみ味噌から思いついたレシピだった。くるみを、余ったおつまみのミックスナッツで代用した。

濃厚で甘いミックスナッツ味噌はそれだけでも美味しいが、相性の良いクリームチーズと合わさることでまろやかになる。

伊吹は一口食べ「美味い」と言った。

「そうだな、ふのやきも、クレープみたいなものだ」

「伊吹様はクレープもご存じなんですね」

「当然だ。甘いものは嫌いじゃない」

(神様なのに、現代かぶれしてる)

璃子はそんな伊吹がなんだか可愛く思え、こっそり微笑むのだった。

✿

重ねたお膳を抱え、璃子はエレベーターを降りた。チリン、チリリンと鈴の音。後ろからビャクがしずしずと付いてきた。

「お昼ごはん、いかがいたしましょうか」

「えっ」

朝食を済ませたばかりで昼食を考える、ビャクの胃袋が心配になる。

「スタッフのみなさんにはお弁当を手配するとして、私たちはデートですから外食ですよね？」

ビャクの声は浮かれていた。

二人きりじゃなくてもデートって言うのかな、と璃子にすれば甚だ疑問だ。

そこで突然、身体にゾワッと嫌な感覚が走る。璃子は厨房の入り口から黒い霧のようなものが流れ出てきたのを目にした。

（また、黒いのがあらわれた！）

いろんなものが存在する境目で、ひときわ特異な気配がする。片隅で丸まった霧は、前回より大きさを増していた。恐怖を感じた璃子は、思い切ってビャクにも訊いてみることにした。

「あそこ、なにかいませんか？」

「えっ……、どこですか？」

ビャクはしっぽを身体に巻き付けるようにし、用心深く辺りを見回す。

璃子が再び目をやったときには、黒いものはすでに霧散したあとだった。

「黒い霧のようなものが見えたんですけど」

「おかしいですね。まだ、プレオープンの前ですし、お客様はいないはずですが。旅人だとしたら面倒なことになりそうです」

困ったようにビャクは首をひねる。

「そうですよね……」

(気のせいかな。気のせいだといいな)

璃子は嫌な予感を打ち消そうとした。

厨房に入り洗い場に向かう。食事を終えたスタッフたちの食器はすでに戻っていた。

「片付けるとしますか」

残さず食べたと分かる綺麗な皿に、璃子は密かに喜んだ。

(作りがいがあるというものだ)

伊吹も「美味い」と何度も言ってくれた。

鯛の出汁をかけただけのシンプルなごはんであったが、璃子なりに心を込めた料理だ。

美味しいと思ってもらえることが、こんなに嬉しいとは。

（料理本のおかげだけど）

璃子は調理台の上にある『七珍万宝料理帖』をちらりと振り返る。

「洗い物、たくさんありますね」

ビャクも手伝うつもりのようだ。着物の袂が邪魔にならないよう、腰紐でたすき掛けをしていた。

そこで、バタン、と奥から物音が。

璃子とビャクは顔を見合わせる。

「だ、誰かいるんでしょうか？」

耳をピンと立て、怯えたようにビャクが小声で言った。

「雪さんかも。わたし、見てきますね」

「待って、璃子さん！　私もお供します！」

ビャクがキツネの姿に変化した。

「ビャクさん、どうしてキツネに戻ったんですか？」

『どうやら私は、キツネのほうが霊力が高いみたいなんです。キツネだと、洗い物はあまり上手にできませんが』

ふわふわ飛びながら、ビャクが言った。

（見た目はキツネのほうが弱体化して見えるけど）

璃子は可愛らしいキツネのビャクをほほえましく思う。

『璃子さん、用心してくださいね』

二人は物音がした倉庫へと向かっていった。

オープン前で宿泊客も旅人もいないとしたら、中にいるのはスタッフの誰かだろうが、警戒するに越したことはない。

璃子は慎重に、倉庫のドアノブをまわす。

「誰かいますか〜？」

声をかけながらドアを開けた。

すると、ドカン、と再び音がし、二人は同時に「きゃっ」と悲鳴をあげる。薄暗い倉庫の中央では、人が入りそうなくらい特大の段ボール箱が倒れていた。

段ボールの側面を、ざくざくと中から鋭いなにかが突き破る。アルコール臭とともに、巨大な刃物が飛び出した。

『うへえっ、誰だ、こんなところに閉じ込めやがって！』

姿を見せたのは、調理衣を纏った、手足のある和包丁だ。

くるりと回ってビャクが人の形に戻る。

「藤三郎さん！」

刃物の先端にはちまきをした包丁の付喪神、藤三郎だった。

『ビャク様か。いったい、俺はなんでこんなところに？』

「こちらがお訊きしたいくらいです。朝ごはんも作らずに逃亡されたって、雪さんが怒っていましたよ」

ビャクが手を貸し藤三郎は段ボール箱から抜け出す。

『逃亡？　うーん、そういや昨夜、こんな宿出ていってやるって、叫んだ覚えがあるな』

「飲みすぎですよ。酔っ払って倉庫で寝ていたなんて。雪さんもっと怒るでしょうね」

ビャクがため息をつく。

璃子にも、昨夜の宴会で藤三郎が騒いでいたような記憶がうっすらあった。肩をつかまれ、「もっと飲もうぜ、お嬢ちゃん」と絡まれた気がする。

『あれ？　あんたは？』

ジロリと藤三郎が璃子を見た。

「え、璃子です」

昨夜も挨拶したはずだけど、と思いながら頭を下げる。

そこで藤三郎は人の形へと変化した。頭にはちまき、白い調理衣、和包丁姿のときと同じスタイルだ。

人間だったなら六十歳前後の見た目だろうか。グレイヘアや目元の皺が、璃子のイメージする熟練の板前像と、ぴたりと合わさった。

「若女将候補の璃子さんですよ」

ビャクが「もう」と、軽く藤三郎を睨む。

「ああ、新メンか？　どうせ大女将は許嫁ちゃん単推しだろ」

「しっ」

ビャクがすかさず、藤三郎に向かって人差し指を立てた。

璃子は、藤三郎の口から出た不可解な単語に反応する。

「いいなずけちゃん？　たんおし？」

「おし、おし、お仕事ですよ、璃子さん。さっさと洗い物やりましょう。楽しいデートが待っていますから〜」

ビャクに背中を押され、璃子は倉庫を出される。

「あっ、あのっ、藤三郎さん。実は、藤三郎さんの料理本をお借りしています。『七珍万宝料理帖』なんですけど」

璃子は藤三郎を振り返った。

「ああ、あれか」

頭を掻きながら倉庫を出てきた藤三郎は、調理台に目をやる。

「璃子にやるよ。俺には、パックンレシピがあるからな」

藤三郎は、調理衣のポケットから取り出したスマホを、璃子に見せつける。画面には、

『休日ランチ』の見出しと、美味しそうなトマトソースパスタの写真。

「レシピ検索アプリですね。わたしも利用しています」

璃子も同じように、作務衣のポケットからスマホを取り出した。

「璃子も料理人なのか？」

「いいえ。派遣社員で一般事務員をしていました、が」

「が？」

藤三郎の険しい目つきに、璃子は肩をすくめる。

「パソコンが使えないせいか、契約更新ならず……」

未経験可だったのにな、と遠い目をする。

璃子の気持ちは沈んでいった。契約解除を言い渡されたのは、独学でなんとか表計算ソフトが扱えるようになった矢先のことだったのを思い出す。

「ここでも使えそうにないな。宿内ニート決定」

(宿内ニート？)

言い返せずに、璃子は凍りついてしまった。

「藤三郎さん、いい加減にしてください。璃子さん、気にしないで」

ビャクはすかさず璃子をなぐさめた。

「すぐ辞めちまうやつに仕事教えたって無駄だろ」

藤三郎はガスコンロの前で立ち止まる。鍋に残った出汁をしばらく見つめたあと、味見スプーンを取りひとすくいした。

口に含んで考え込む。

「これは、誰が？」

「璃子さんですよ。とっても美味しい鯛めしでした」

少し不機嫌そうにビャクが言った。藤三郎に怒っているのだ。

「雑味があるな。昆布に切り込みをいれたのか」

「あ、はい。時間が無くて、細切りにしました」

こわごわと璃子は答える。

「それでか。余計なぬめりも出ている」

藤三郎は厳しい顔つきだった。璃子の鼓動が速くなる。

(どうしよう。ドキドキする)

「まったく駄目だな」

「はい」

料理の実力は分かっていたはずだ。プロの料理人のお世辞を期待した自分が情けなくなり、璃子は作務衣の裾をぎゅっと握りしめた。しかし。

「璃子、俺の弟子にしてやってもいいぞ」

腰に手を当てて、横柄な態度で藤三郎が言った。

思いがけない提案にどう答えていいか分からず、璃子は愛想笑いする。

「弟子にしてやってもいいが、ひとつ条件がある」

「なんだか偉そうですね。藤三郎さんの代わりに、璃子さんがこれだけ働いてくださったっていうのに」

呆れるビャクの言葉には耳を貸さず、藤三郎はもう一度言った。

「ひとつ条件がある」

「は、はい」

仕方なしに璃子は返事をする。

「検索の仕方を教えてくれ」

藤三郎は再びスマホを取り出した。

「マイクをタップして、スマホに話しかけるだけです」

「えっ」

驚いた顔のまま固まる藤三郎の代わりに、璃子はマイクのアイコンをタップした。

璃子は、どうぞ、と口だけ動かした。

「煮物、時短レシピ」

付喪神の藤三郎の口から、意外にもスラスラと出てくる検索ワード。

「ほえ〜、レンジ、出汁スティック、十分でできんのかぁ」

藤三郎は食い入るようにレシピサイトを見つめていた。

「わ、電波マーク」

璃子は今さらながら、境目でスマホが使えることに感心する。

人間も客として訪れるのだから、Ｗｉ－Ｆｉに接続できるのもとうぜんなのかもしれないが。

（お母さんにも連絡しておかないと）

不思議な旅館に就職しただけだ。いつかもとの世界に戻れるはずだ。しっかり働いて功徳を積んで、お給料が貯まったら、また元の世界でやり直せばいい。

璃子は不安な気持ちを打ち消すように、ポケットにいったんスマホをしまった。

（あ、あれ？　また黒い霧？）

そこで、調理台の下に黒いものを見つけドキリとする。璃子は目をこすった。だけど見間違いではない。やっぱり黒いなにかがもぞもぞと蠢いている。

「ビャクさん、藤三郎さん、あ、あれ！」

二人は璃子が指差すほうを見た。

「おお。千景《ちかげ》か。そんなところに隠れてないで、出てこい」

藤三郎が手招きすると、着物姿の子供が這い出てくる。人間だったら幼稚園児くらいだろうが、おそらく。

「座敷童子です」

ビャクが言い、璃子は妙に納得する。頂点に髷《まげ》が結われた、黒髪のおかっぱ頭が可愛らしく、人ではないと分かっても親近感が湧いた。

「璃子さんにご挨拶して」

「千景です。はじめまして」

髷にリボンをつけ、朱色の小袖を着た女の子が元気よく言った。

「璃子です。よろしくお願いします」

千景はあどけない表情で、そして珍しそうに璃子を眺めていた。大きな黒い瞳と柔らかそうなほっぺに、自然と笑みが溢れる。

（もしかして、この子だった？）

時おり目にする黒いものは、座敷童子だったのだろうか。いや、どこか違う気がする。別のことを考えようとしても、黒い霧が頭の片隅にひっかかったままで、どうにも不安な璃子だった。

「千景、飯は食ったのか？」

藤三郎が千景の頭をポンポンと軽く叩く。

「お茶漬け食べたよ」

「うまかったか？」

「僕はけっこう好き」

千景の笑顔に「ふうん」と藤三郎はにやつく。

（ん、僕？）

璃子には女の子のように見えたが、もしかすると千景は男の子なのかもしれない。

「子供の舌くらいはごまかせるってことか。よし、璃子、まかないはお前にまかせる」

藤三郎が璃子の背中を叩く。

「あ、あの」

「俺は新メニュー考案で忙しいし、ちょうど良かった」

めんどうな仕事が減ったとばかりに藤三郎はご機嫌だ。弟子になるとは一言も言っていない、と璃子は慌てる。

「伊吹様は璃子さんの料理をたいへん美味しいと仰って、召し上がっていましたけど」

ビャクがこれみよがしに言うと、藤三郎は目を見開いた。

「ば、馬鹿もん、あんな腕前で若旦那様のお食事までっ！」

「藤三郎さんが職場放棄するからです」

ビャクに言い返され、

「素人の作った料理まで褒めるとは、さすが伊吹様、情け深いお方だなぁ」

小声で負け惜しみを言う藤三郎だった。


ここは下町情緒あふれる東京都江東区深川《こうとうくふかがわ》だ。江戸時代、松尾芭蕉《まつおばしょう》が暮らし、曲亭馬琴《きょくていばきん》が生まれ育った地である。

今では、お隣の墨田区にある東京スカイツリーを眺めることもできる。

(デートって、現実世界《リアル》だったよ)

拍子抜けするほどあっさりとウツシヨに戻ってきた璃子は、

「こっちです、いや、こっちかな」

スマホを片手に、ぶつぶつ言いながらうろついている。

作務衣から着替えたリクルートスーツは、パンツスタイルとはいえ窮屈だし、パンプスを履いた足も痛くなってきた。

となれば、そろそろ自宅へ身の回りのものを取りに戻りたいところである。

そこで璃子は、大事なことを思い出し立ち止まった。

「部屋の解約もしなくちゃ」

通帳の残高を思い返し、ぞわわとする。解約するには最低でも、一ヶ月前には申し入れが必要だろう。

(来月の家賃どうしよう!)

「そちらは行政書士の倉橋さんにお願いしていますよ。そんなことより……」

隣では、ビャクが困ったように眉を下げる。璃子に憑いているため自由がないのだ。離れられたとして、せいぜい宿の上下階程度である。トコヤミとビャクの居室は、璃子と同じ最上階だ。なんとか暮らせてはいるが、不便にはかわりない。

「お腹すいたぁ」

「早く案内せよ」

璃子の両脇にはビャクと伊吹。他の人間にとうぜんながらその姿は見えない。

つまり交差点の横断歩道手前で、独り言を言いつつうろうろする璃子は、周囲の人間の目にはかなりあやしい人物と映っているだろう。

「お二人のほうが、東京のこと、わたしより詳しいと思うんですけど」

とはいえ、身体が透けて向こうの景色まで見える二人の姿に、璃子は心もとない気持ちになる。人ならざるものの存在は、ウツシヨでは非常にあやうい。

「久しぶりに来てみたら、すっかり景色が変わっているんですもの」

「この地は、百年、いや二百年ぶりか」

「特に御用もありませんでしたしね」

（ええっ、二百年！）

二百年前と言えば江戸時代だ。璃子にとっての江戸時代は、教科書の歴史であり、ドラマの時代劇であり、現実から遠く離れた別世界のように思えるというのに。

もしかすると、神様や人ならざるものたちにとっては、ほんの束の間なのだろうか。

「昔は、この辺りで水売りをよく見かけたものだ。上水は隅田川《すみだがわ》に阻まれて届かなかったからな」

伊吹は、ウォーターサーバーがプリントされたトラックのボディを目で追いながら、淡々と言った。

「この辺は井戸を掘っても潮水でしょうし～。今やコンビニでお水も売っていますから、便利な世の中になりました」

半透明のビャクの体を突き抜けて、リュックを背負ったフードデリバリーの配達員が自転車で通り過ぎていった。

「担い屋台の蕎麦屋が懐かしい。冬の夜をあたたかい蕎麦でしのいだな」

「私たちに感づく蕎麦屋がなかなかおらず、呼び止めるのにも苦労しましたよね。やっとありつけたかと思えば、しょっぱかったり伸びていたり。近ごろは深夜営業しているお蕎麦屋さんもあるようですが」

「我らは基本、待ちの姿勢だ。氏子に限らぬがそれなりに信心深いものに、なにかしら供えてもらわねば口にできぬ」

「空腹に負けてついつい実体化し、お食事を分けていただくこともありますが」

「人をたぶらかすのは良くないぞ」

ふふふ、と笑うビャクに、伊吹は呆れたような顔をする。

そんな二人の会話に、璃子はただ唖然とするしかなかった。

やはり江戸時代の話のようだ、さっぱり分からない、そう思ったのに。

璃子の頭の中には、棒を担いで移動する二八蕎麦の屋台がふっと浮かんでくる。現代の屋台とはまったく違う。持ち運び可能なコンパクトな屋台がかわいらしい。

それにしても、見たこともない光景がどうして、と璃子は首を傾げた。

(たぶん映画とかドラマで観たシーンだな)

「深川めしはどこかしら～？」

ビャクが頼りない声をあげる。

深川めしが食べたいと言い出したのはビャクだ。動画配信サービスで時代劇を観ていたら食べたくなったらしい。

彼女にすれば、深川めしにもなんらかの思い出があるのかもしれない。

東京の郷土料理である深川めしは、深川で生まれたあさり飯のことだ。漁師町だった深川の、漁師めしが発祥だ。

深川は、『たまゆら屋』のある日本橋から隅田川を挟んだ向こう岸にある。

深川めしを目指し、璃子たちが地下鉄に乗ったのは一時間前だった。

電車に十分ほど揺られ清澄白河《きよすみしらかわ》駅で下車。駅から歩いて数分のはずが、地図を見るのが得意でない璃子は、深川めしの店を見つけられずにぐるぐる歩き回っている。

そうしているうちに、気づけば今度は二人の姿が見えなくなった。

「え、どこ？」

璃子は慌ててあたりを捜し回る。しばらくすると頭上から声が聞こえてきた。

「おお、この立派な庭、見覚えがあるな」

『まぁ、素晴らしい』

璃子が空を見上げると、伊吹とキツネがふわふわと浮遊しているではないか。まったく気楽なものだ。

「庭？」

地上の璃子からは、石碑の裏側が見えた。

柵の向こうに垣間見ることができたのは、青々とした日本庭園。

「ええと」

スマホの地図を確認すれば、それが『清澄庭園《きよすみていえん》』であることが分かる。

豪商、藩主、実業家と、様々な人の手に渡りながら完成した〝回遊式林泉庭園〟で、現在は東京都指定名勝となっているようだ。

「つまり……、こっち。お二人とも、お店はこっちですよ！」

璃子が呼びかけると、伊吹たちはふわりと地に降り立った。

「ああ、もう、お腹ぺこぺこで死にそうなんですけど！」

人の形に戻ったビャクが、いつものように不満を口にする。お腹が空くと、気性が激しくなるのだ。

「なかなかの庭だったぞ。デートにちょうどよい」

伊吹は腰をかがめて真正面から璃子を見つめてくる。

（そういえば、デートだったんだ！）

照れくさくなった璃子は「近すぎます」と、ぐいっと伊吹の顔を手で押しやった。

「ぐはっ！」

（あ、触れた）

ウツシヨでも、璃子だけは神様に触れることができるようだ。

「そ、それより、急ぎましょう。並ばないと食べられませんから」

伊吹を意識してしまった自分をごまかすように、璃子は駆け出す。

「璃子さーん、待って〜」

着物と草履のビャクが、小走りで追いかけてきた。片手でたてづま（着物の端）を押さえてはいるが、脛が丸見えだ。

（誰にも見えていないし、まぁいいか）

璃子はさらに先を急いだ。

目印としていた『深川江戸資料館《ふかがわえどしりょうかん》』の幟《のぼり》を見つけた璃子は、注意深く周囲を見渡す。

江戸時代の資料や再現された町並みが見られる江東区の施設『深川江戸資料館』、その向かいに行列のできた店。

「見つけました！」

璃子が二人を振り返ると、伊吹は疲れたように軽くため息をつき、ビャクは目を輝かせるのだ。

年季の入った木製の看板と色褪せたのれん。老舗を思わせる店構えだけでも味に期待が持てそうだ。

三人は行列の最後尾に並び、三十分ほど待って店内に案内された。

まず目に入ったのは囲炉裏を囲んだ分厚い木のテーブル。

「趣があるな」

「早く食べた～い」

伊吹とビャクの楽しそうな様子に、璃子も気分が上がる。

「相席になりますが、よろしいですか？」

店員にテーブルの端のひとつだけ空いた席を指定された。

（そうだ、わたし以外、見えていないんだ）

璃子は困ってしまい、二人へ助けを求めるように視線を向ける。

「気にせずに良い」

すかさず伊吹が言った。

口の中で「はい」と答え、璃子は席に着く。

「注文は一人前でいいぞ」

耳元で伊吹が囁いた。

「えっ」

思わず声をあげてしまった璃子は、隣の客に怪訝そうに見られてしまうのだ。

「境目とは違い、ウツシヨで私たちが食事をしても、物体は減らないのです」

ビャクが言った。

（減らない？　それって食事なの？）

璃子は心の中でつぶやいた。

「我らの一番のごちそうは、食事に込められた思いだからな」

（食事に込められた思い……）

伊吹の言葉に思いを巡らす。

「境目では、口にした命は浄化し昇華するのだ」

(消化みたいなものかな?)

神様はやはり、人間とは違うようだ。

「実体化すればウツシヨでも人のように食事はできるが……あまり、姿を見せるのは好きではない」

「伊吹様はひきこもり……ええっと、私の場合、実体化は霊力を消耗しすぎるので頻繁にはいたしませんが。璃子さん、早くメニュー見せてください」

璃子がテーブルにメニューを広げたところで、ビャクの指が伸びてきた。

「これがいいです。ぶっかけと炊き込み、両方あるもの」

深川めしは、あさりとネギを味噌で煮込んで汁ごと白飯にかけたものと、あさりの炊き込みご飯の二種類がある。

ビャクが選んだ二種類の深川めしと小鉢がついたセットを、璃子は、えいや、っと注文した。

(ちょっとお高いけど。いや、かなり贅沢だけど)

貧乏が染み付いた璃子にすれば大奮発のランチである。

「璃子の故郷の飯もたいそう美味であろう」

伊吹は璃子の地元を知っているような口ぶりだった。

璃子の地元の美味しい食べ物と言えば、ふぐの刺身か瓦の上で茶蕎麦を焼いた『瓦蕎麦』だろうか。

(まさか、知っているわけないよね)

「茶蕎麦と一緒に出てくる、鰻飯《うなぎめし》。最後、茶漬けにしてすするのが好きなのか」

璃子は驚いて伊吹を振り返る。

(どうして?)

伊吹はいつものむすりとした表情で、「懐かしいだろう」と言った。

すると、記憶の引き出しが開き、忘れかけていた思い出が浮かび上がってきた。

それは、璃子がまだ子供のころの光景――。

東京から父親が、璃子たちに会いにきてくれたときのことだ。

「良い子にしてね」

父親を前にし、繋いだ母親の手が少し震えた。緊張感が伝わってくる。それで璃子はなおさら、父親が知らない人のように感じられた。

立ち寄り湯で温泉に浸かったあと、古い日本家屋の店で食事をした。璃子にとってそれは、特別な日のフルコース。

座敷席には璃子と両親。二人はやさしい顔で子供だった璃子を見つめている。

璃子の両親は東京で出会って結ばれたが、ややあって二人は母親の故郷へ。璃子の祖母が体調を崩したせいだ。

しかし璃子が生まれてしばらくすると、仕事の都合で父親だけが東京に戻った。璃子には、父親と一緒に暮らした記憶がほとんどない。父親に会えるのは、半年に一度ほどだった。

久しぶりに会う父親は、保育園に子供を迎えにくる若い父親たちと比べ、ずいぶん落ち着いて見えた気がする。

母親より十歳近く年上だったと知ったのは、もっと大きくなってからだ。

「璃子は良い子だね」

父親が笑って頭を撫でてくれた。

良いことなどなにもしていない。ただおとなしい性格だった。

もし璃子が、おしゃべりな女の子だったとしても、父親はきっと璃子を元気で良い子だと言ってくれただろう。

「璃子は賢いな。お母さんの言うことをちゃんと聞いているんだね」

ひとしきり褒められたあとに、いよいよ『瓦蕎麦』が運ばれてくる。

熱々に焼かれた瓦の上には茶蕎麦。その上には、錦糸卵、ネギ、甘辛い（甘じょっぱい）味付けの牛肉。

さらに、海苔、レモンの輪切り、もみじおろしが、盛られている。箸でつつきあい、つゆにつけていただく。

パリパリに焼けた香ばしい茶蕎麦。当時を思い出し、璃子の胸がじわりと熱くなる。

それから〝うなめし〟も。

璃子は必ず〝うなめし〟も注文した。祖母が、「たくさん食べなさい」と、いつも〝うなめし〟をすすめてくれていたからだ。生前の祖母との、大事な思い出だ。

〝うなめし〟とは〝ひつまぶし〟のようなものだ。おひつに入った〝うなめし〟を茶碗によそい、最後は出汁茶漬けにして食べる。たっぷりの薬味、そして決め手はわさび。

子供だった璃子は、控えめにわさびを入れた。少しだけ、つん、とするのが楽しかった。

美味しい思い出の中には、いつも家族の笑顔があった。

幸せな思い出に浸っていると、視界がわずかにぼやける。

幾重にも連なる朱い鳥居、荘厳な社殿、大鳥居の先に広がる絶景、美しい海――。

「璃子をよろしく頼む」

父親に抱き上げられた璃子には、目の前に開けた光景が押し迫ってくるように感じられた。あのとき海が見える神社で、神様になにを祈っただろう。父親と一緒に暮らしたいと、璃子は思ったのかもしれない。

「好きなように生きてください」

母親は最後に言ったはずだ。父親がどんな返事をしたのかは、覚えていない。

昔から、母親は泣き言ひとつ言わない人だった。あの日の凛とした母親の姿が、今も記憶に焼き付いている。

(美しい海、あの景色は……)

璃子は本州の最西端にある、山口県下関市《やまぐちけんしものせきし》に思いを馳せた。

光を浴びきらめく水面。漂う磯の香り。璃子はさり気なく目元をぬぐう。

「美しい海だな」

璃子を現実に引き戻したのは、思い出の中を吹き抜けていく風のような伊吹の声だった。

「お待たせいたしました」

この香りはあさりや海苔だ。ふわん、と味噌の匂いも追いかけてきた。盆の上には、お吸い物とお新香、それから小ぶりの丼がふたつ。

涙が消え鮮明になった視界に、美味しそうな『深川めし』が飛び込み、さっそく喉が鳴った。ぶっかけは濃い味噌の色にネギの白、炊き込みは薄い醤油色に青のりの緑、どちらの色合いもこれでもかと食欲を刺激する。

「あぁ、もう我慢出来ない！」

しかし、璃子より先に箸を取ったのはビャクだった。ただし盆の上にもまだ箸は残されている。

まるで最初から二膳あったかのように、半透明の箸がビャクの手に握られていた。同じく丼もビャクが手に取れば、ぽこんと倍に増える。

（細胞分裂みたいだ――）

大きな口を開けたビャクの動きが止まる。隣の伊吹を気にしているようだ。

「ええと、伊吹様は？」

「私は吸物をいただこう」

伊吹はお吸い物をすすって「あさりの出汁がきいている」と満足そうに言った。もちろん、璃子の手元にある汁は減っていない。

「うわぁ、美味しい。はじめて食べた～」

ビャクは口隠しの布の下で、ぶっかけを大胆にかきこんでいた。

璃子は交互に伸びてくる二人の腕を気にしながらも、マイペースに食事をする。

（うーん、どちらも甲乙つけがたい）

濃い目の味噌のぶっかけも、素朴な醤油の炊き込みも、どちらもあさりの旨みと合わさって極上の味になる。

（あぁ、美味しい）

箸の動きは止まらない。

小ぶりとはいえ丼ふたつとなれば、それなりのボリュームがある。それを璃子は実質一人でたいらげた。

食事を終え店から出たところで、璃子はやっとその疑問を口にすることができた。

「伊吹様、どうしてわたしの地元のことを知っているんですか？」

訊いておいて愚問だったと思い直す。

（だって相手は神様なのだ）

隣から璃子の顔をちらりと覗いて、伊吹はとうぜんとばかりに言った。

「見ていたからな」

ぶっきらぼうな口ぶりでも、投げかける視線はやわらかい。

地味で目立たない自分のことなど、誰も気にかけていないと璃子は思っていた。だけど、伊吹の「見ていた」という言葉は素直に信じられる。あたたかな眼差しに、覚えがあったからかもしれない。

神様は見ている――。

璃子が一切のＳＮＳを辞めてから二週間が過ぎた。友人、知人、知らない誰かと繋がってフォロワーはそれなりにいた。それでも虚しくなりアカウントは削除した。

キラキラしている皆と自分の日常が、あまりにも違いすぎたせいかもしれない。

学費のためにバイトに明け暮れていた日々。内定ゼロで卒業を迎え、人生が終わったと思った夕暮れ。

大学でできた友人のナッチは、意識が高い系というより意識早い系だった。早期から計画をたて、留学にインターンと充実した学生時代を過ごし、希望した業界に就職を決めた。

璃子はそんなナッチに、心から「おめでとう」と言えただろうか。

このご時世に新卒派遣にならざるを得ず、さらには派遣先から契約終了を言い渡されたとき、もう〝いいね〟は押せなくなっていた。

神様は見ている――。

バイト先で知り合った優吾《ゆうご》から「好きだ」と告白され、つきあうようになった学生時代。

ところが、数ヶ月もしないうちに「友達に戻ろう」と、なかったことにされてしまう。

優吾は「だって璃子、忙しそうじゃん」と、投げやりに言った。

バイトと学業で手一杯、なかなかデートもできない自分が悪い、璃子はそうやって納得したが。

いくらもしないうちに、バイト先の後輩と優吾が交際をはじめたのを、ＳＮＳで知り傷ついた。優吾の新カノは「璃子さん、就活で忙しいときはバイト代わりますから、いつでも言ってくださいね」と気遣いのできるいい子だったから、余計につらかった。

神様は見ている――。

派遣会社の先輩・麻美《あさみ》は、新人の璃子にも親切だった。

「緊張しなくて大丈夫だよ。誰でも最初は初心者なんだから」

初日から明るく励まされ、どんなに心強かったか分からない。気さくにランチに誘ってくれたり残業を代わってくれたりと、頼りになる先輩だった。

若い男性社員にしつこく誘われ困っているとき、助け船を出してくれたのも麻美だ。

そんな麻美が、契約終了が決まった璃子に対し、「若いんだし、次があるでしょ」と、そっけなかったのはどうしてだろう。

いつのまにか、フォロワーから麻美の名前が消えていたときは悲しかった。

社会は、まるで椅子取りゲームのようだ。ぼんやりしていると自分の居場所はどんどんなくなる。

早くから椅子に座っている人たちは両親も揃っていて、学費のために必死にバイトをすることもないのではないか、と一人よがりな考えが浮かんだ。

自分以外は皆、学業だけでなく趣味や特技にも長けていて余裕があり、就活中もキラリと光っているように見えたからだ。

(心のどこかで、羨ましいと思っていた)

だけどもし、璃子がその椅子を奪ったら。

(わたしを、羨ましいと思う人がいる？)

立場が変われば、きっと感じ方や見え方も違う。

そして、自分の椅子はあるべき場所にあるのだろうか、と璃子は悩む。

「いつの時代も欲というものは際限がない。大欲は無欲に似たり。穢れから得るものはないというのに」

伊吹が、璃子の心を読み取ったかのように、憐れんで言う。

思い返すのは神社の境内で光の玉とともに落ちてきた声。

『私には、はっきりと見えている』

伊吹は、璃子の〝探しもの〟を手助けしてくれると言った。だけど伊吹は、答えを教えてはくれない。きっとそれは、自分で見つけないとならないものだからだ。

常に璃子の中にある、漠然とした疑問や不安。どうして自分だけ、という不満。探しているものが見つかれば、憂いは払拭され心が晴れる、そんな気がしていた。

伊吹は、お見通しなのかもしれない。

心の中のもやもやを。

言語化しづらいこの思いを。

やっぱり神様は何でも知っている気がする、と璃子は思った。

「璃子さん、お宿の仕事、我慢しているの？」

ビャクが心配そうに訊いてくる。

「えっ？　どうしてですか？」

「だって、ふるさとを思い出して、悲しそうな顔をしているんですもの。帰りたいのかしらって」

「そんなことありません」

(たまゆら屋がわたしの居場所かどうか、まだ分からないけど……)

二人の期待を裏切りたくない璃子は笑顔を作る。

「精一杯がんばります。あっ、そろそろ戻らないといけません。これからトコヤミさんの研修なんです」

「一刻も早く、一人前の若女将になってもらわねば困る」

伊吹の厳しい口調に、璃子は途端に「努力はしますが」と弱気になってしまう。

若女将になるには礼儀作法はもちろんのこと、旅館の一通りの仕事も把握しなければならない。

たまゆら屋はホテル形態ではあるものの、日本旅館を模している。

璃子のイメージする女将は、茶道や華道などの知識も豊富で、日本らしいおもてなしができる人。

(わたし、着付けもできないけど……どうしよう)

研修を受けたとして、一朝一夕で身につくものではないと璃子は頭を抱えた。

そのうえ、従業員食堂のまかないまで引き受けてしまった。

冷静になればなるほど、荷が重すぎるような気がしてくる。

「気合いを入れよ。こっちは床入りも待ってやっているのに」

不機嫌そうに伊吹は言った。

「はっ？」

（待って？　床入り？）

璃子は自分の置かれた状況を再確認し慌てる。

「遠慮いたします！」

璃子が断固として拒否すると、伊吹は眉を顰めた。

「……何やら、不吉だな。簡易結界ならビャクでも張れるか？」

「は、はい、直ちに」

ビャクは素早くキツネの姿になる。

（結界って言った？）

いくら可愛げない態度だったとしても、結界を張るほどのことだろうか。

「璃子、こちらへ」

いきなり伊吹に肩を抱かれ、軽々と引き寄せられてしまう。抵抗するどころでなく、璃子はただ焦った。

身長百六十八センチの璃子を軽く見下ろせる位置に、伊吹の顔がある。

（……ち、近い！）

それだけでも過敏になるほど、璃子の恋愛経験値は低い。

自分を守るように覆いかぶさる、案外とゴツゴツとした逞しい身体に璃子は狼狽えてしまった。ただしその身体は若干透けている。相手はやはり神様なのだ。

（とはいえドキドキするし……！）

「ちょ、なにするんですか！」

「うはっ！」

ぐーっと伊吹の顎を手で押しやって、璃子は逃れようとする。

『璃子さん、あ、足下！　足下を見てください！』

ビャクが怯えるように叫んだ。

「……っ、ま、間に合わなかったか」

伊吹の言葉の意味を、璃子はまだ理解できずにいた。

地面を見下ろすと、アスファルトがゆらゆら揺れている。

凝視するうちに、足下に黒い霧が溜まっているのだと気づく。

それはやがて人の手の形となり、璃子の右足首を掴んだ。

「ひーーっ」

『私が結界を張るのに手こずったせいで、中に入ってきたみたいですぅ』

ビャクの泣き声を聞きながら、璃子はその場でバタバタと駆け足したが、右足はたいして上がらなかった。むしろ地面へと引きずり込まれる感覚がする。

「だ、誰か、助けて！」

周囲を見回すが反応はない。どうやら璃子の声は誰にも届いていないようだ。行列に並ぶ人も、道を行く人も、一時停止したかのように固まっている。

（どうなってるの？　結界の中だから？）

またも、ぐい、と足を引っ張られた。

「きゃあ！」

もう片方の足で振り払おうとしたが、黒い手には実体がない。

ずるん、つま先が泥のように粘度を増したアスファルトに沈んだ。

（ありえない――）

どうか夢か幻でありますように、と璃子は今さら現実逃避しそうになる。

「り、璃子、の、祝詞を」

璃子に顎を押されたままの伊吹が苦しそうに言った。

「えっ？」

「み、みそぎはらえのことばーーっ！」

璃子が手を離した瞬間、伊吹が叫んだ。

『璃子さん、伊吹様にお祈りしてください。祓い給い清め給え、と』

キツネのままふわふわ浮遊する、ビャクの声も真剣だった。

（唱えればいいの？）

璃子は半信半疑で、さらに震えながら、その言葉を口にした。

「はぁらいたまいぃきよめたまえぇ」

やがて、伊吹の身体が内から発光しはじめる。煤色の髪は輝き、轟と下から吹き上がる風に逆立った。突如、雷鳴が響き渡り、璃子は耳を塞ぐ。薄く透明な弾力のある膜の中で、音と光が暴れていた。

状況を理解しようにも頭がついていかない。もはや身動きも取れず、璃子はただ成り行きを見守るだけだった。

「ここは汝の在る場所ではない、この者に憑くは許さん。直ちに還《かえ》れ！」

それまで耳にしたことのない、地を這うような重々しい伊吹の声。

黒い霧が結界ごと閃光に弾かれると、璃子の足はとたんに軽くなる。

それから、しゅるり、黒い霧は空へ立ち上り消滅した。

すぐさま璃子はへたり込む。

（な、なんなの？）

止まっていた時間が流れ出し、にぎやかな笑い声が璃子の耳へと届いた。

楽しそうな会話をしているのは、和食屋の店先に並ぶ人々だ。何事もなかったかのような光景が目の前に映し出される。

地面に座り道を塞ぐ璃子へ、観光客らしいグループが迷惑そうな視線を向けてきた。しかし目が合うと、関わり合うまいとして、そそくさと通り過ぎて行くのだった。

✿

地下鉄の改札を抜け地上に出れば、すぐさままゆら屋が見えてきた。

「ビャク、これからも璃子の見守りを頼む」

「え〜、私一人では怖いですよぉ」

背後から伊吹とビャクの会話が耳に入る。璃子にすればかなりスリリングな体験だったのに、二人のやりとりはどこかゆるかった。

(アレは、なんだったのだろう)

黒い霧の正体は謎であるが、恐ろしいことが自分の身に降り掛かったのは現実だ。そしてまた襲われないとも限らない。

なにかあれば直ちに伊吹に助けを求めるよう言われているものの、それには一応ルールがあるらしく。

「お供え物をしたり祝詞を捧げたりすると、神様へ人々のお願いごとが届くのです」

ビャクの説明を、璃子なりに噛み砕いて理解する。

（お供え物って、今朝の〝鯛めし〟のことかな）

「璃子、火急の場合は、先程のように祝詞だけでも上げるように」

ただしその場合、伊吹の力を余計に消耗させることになるようだ。

つまり、基本的に神様は、供物や祝詞と同等程度の願いしか叶えないことになっている。

さらに、願いが聞き届けられると追加料金が発生することもあるようで——。

「ふふん。五円でよいぞ」

璃子は財布から五円玉を取り出し、守銭奴のような表情を浮かべる伊吹へと渡す。

（お賽銭って神様への謝礼だったの？）

やはり、世の中お金なのだろうか。璃子はため息を吐く。

「お賽銭は米の代わりになるお供え物であり、日頃の感謝ですよ。さきほどの伊吹様は、そこそこの神通力をお使いになったので、五円は破格の値段。まさにブラックフライデーです」

「ええ、意外とプチプラ……」

璃子は次第にお得感を……。

（感じない！）

どうにも最初から、二人に丸め込まれているだけのような気がしてならないのだった。

そこへ唐突にクラクション。いかにも高級車という黒塗りのセダンが三人を追い越し、たまゆら屋の地下駐車場へと入っていった。

「伊吹様、あれは！」

ビャクの声に伊吹が険しい顔つきになる。

「予定よりずいぶん帰りが早いな」

極々自然に、伊吹が璃子の手を握りしめる。

「璃子よ、これより軽々しく真名《まな》を明かすでないぞ」

(真名？)

伊吹の神妙な面持ちに、璃子も緊張する。

「もしかして……呪われるんですか？」

真名とは仮名に対して漢字を指す、または真実の名を指す。

真名を知られると呪術によって縛られる、という知識はアニメや漫画で仕入れたものだ。

緊張した璃子は、固唾を呑んで伊吹の言葉を待つ。ところが――。

「最近の若者はSNSで真名を晒すことに危機感がないようであるが、せめて公開範囲は友達までに設定すべきだな。承認欲求ばかりが先走りしてリスクを顧みないのは、いかがなものか。匿名はダサい、古い、という認識もまた、いずれ過去になるということを知らねばならぬだろう。兎にも角にも、時代に合わせたネットリテラシーの周知が重要であるな」

璃子から顔を背け、伊吹はボソボソと言った。

「いったいなんの話ですか？」

璃子はわけが分からず訊き返す。真名の話からすっかり横道に逸れている。

「おそらく伊吹様は、璃子さんと手を繋ぎたかっただけじゃないでしょうか？　そして少し照れておられます」

ビャクは訳知り顔でそう言い、ふふふ、と笑った。

参　昼餉は余すことなく

お品書き

和風リゾット膳

●蒸し物
たまごふわふわスフレ茶碗蒸し

●御飯
こしょう飯リゾット

●菓子
すすり団子ミルクティー

たまゆら屋の十八階にあるお茶の間には、璃子とトコヤミの姿。

「本来ならば大女将から教わるところでしょうが、色々事情があり、私が代わりを務めさせていただきます」

トコヤミによる、旅館女将になるためのレクチャーがはじまった。

「よろしくお願いします」

作務衣姿の璃子はテーブルに手をついて、ぺこっと頭を下げる。顔を上げると、トコヤミが眉を顰めていた。

「まず、お辞儀ですが……いえ、その前に、お着物は？」

「着物はまだ着慣れなくて。それにひきかえ作務衣って、すごく動きやすいんですね」

「…………」

トコヤミは沈黙しながらも、何か言いたげに鋭い眼光で璃子を射る。

（トコヤミさん怒ってる？）

璃子はドキドキしながら指示を待った。

「では、お辞儀の練習から」

「は、はいっ」

二人は席を立ち、向かい合った。

「神様にお辞儀する場合、我々はこのように叉手《さしゅ》いたしますが」

トコヤミはそう言って、身体の前で手を重ねた。

「一般のお客様においては、手を重ねずにお辞儀させていただいております」

自然に両手を下ろし背筋を伸ばすと、上半身だけをゆっくり倒す。トコヤミの美しいお辞儀に璃子は見入った。

「璃子さんもどうぞ」

「はい！」

璃子もトコヤミを真似て頭を下げるが……。

「首はまっすぐ！」

トコヤミの厳しい声が響く。

「背中が曲がってる！」

それから璃子は何十回とお辞儀を繰り返すことに。

（トコヤミさん、スパルタだ〜）

お辞儀の練習にはじまり、お客様のお出迎え、客室での挨拶、様々な旅館の作法を璃子は丁寧に教わる。

トコヤミの話によれば、旅館のすべての仕事をこなせるようになるには「ウツシヨの一年」が必要だそうだ。

お客様へのおもてなしの合間に、宴会場や厨房をチェックし従業員たちの士気を高めるのも女将の仕事だ。細かく言えば事務仕事だってある。

（わたしにつとまるの？）

璃子が途方に暮れているうちに夜となり、あっという間に一日は終わっていくのだった。

✿

たまゆら屋プレオープンまであと十一日、朝から大忙しな璃子の、境目暮らし三日目がはじまる。

そんな璃子が、大女将のユリと初めて相まみえたのは昼餉の席だった。

今日の伊吹は、いつも以上に不機嫌そうな顔をしている。

たまゆら屋の大女将が温泉旅行から戻った昨日のうちに、どうやら伊吹とひと悶着あったらしい。

トコヤミから旅館の仕事や作法を学んでいた璃子は、その話を後になってビャクから伝え聞いた。

伊吹の居室部分にある大広間に並べられたのは、四つのお膳。璃子が作ったまかない料理である。

板長の藤三郎は「セレブの朝食だ」と言って、グラノーラとヨーグルトを璃子に託し、やっぱり今朝も姿をくらました。朝食はそれで済ませたものの、次は昼食。

璃子は困ったときの神頼み（？）とばかりに、今回もふわりと頭に浮かんだ、『七珍万宝料理帖』のレシピをアレンジした。しかし相手は大女将である。さすがに小手先の料理では通用しないはずだ、と冷や汗をかいていた。

（これじゃ、食事も喉を通らないよ）

上座に伊吹、向かって左に大女将のユリだ。その隣には、少し変わった巫女装束の若い女性。璃子は伊吹から向かって右に座っている。

大女将は小柄なお年寄りの姿をしていた。

斜めにつり上がった眉や目、深く刻まれた無数の皺。

旅館の大女将というだけに着物姿は様になっている。帯と着物は同系色で、すすきの穂のような色が上品で美しかった。

それでいて、ベリーショートの髪色はパステルな紫とピンクのグラデーションカラーという、そのギャップには少し驚いた。

（大女将の頭、ゆめかわいい……）

『ユリ様は亡くなられた先代、河童の大旦那様の奥様で、ウツシヨの老舗呉服店のお嬢様でした』

（大女将も、ウツシヨからやってきた人間……）

トコヤミの話では大女将はすでに百歳を超えており、ここ最近は白髪を派手に染めるのがお気に入りらしい。

同じ人間とはいえ、居住まいを正し伊吹を見据える大女将には、人並み外れた威圧感があった。璃子の緊張は高まるばかりで、大女将とまともに目を合わすこともできない。

(この迫力……本当に、人間、なのかな)

水神で河童の大旦那と大女将には跡取りがおらず、また老朽化から、たまゆら屋の前身・玉響宿《たまゆらのやど》は、いずれ廃業する予定だった。

しかし常連客たちたっての願いで、すでに病床に臥していた大旦那に代わり、土地の神様である伊吹が新オーナーとなることに。

そして、大旦那亡きあと大女将は隠居、だったはずが。

「若女将は、ここにおる伊吹様の許嫁、早乙女吉乃《さおとめよしの》のはずでございます」

しわがれた声で大女将は言った。

伊吹が、璃子を「若女将の、りこ」と紹介したことに憤っているようだ。

(許嫁？)

目が合うと、吉乃は璃子に向かって、にっ、と笑った。

「昨夜、説明したはずだが」

伊吹はぶっきらぼうに答える。

「伊吹様が一方的にお話しなさっただけ。取締役でもある私めが承認した覚えはございません」

大女将はまだ引退してはいなかった。

さらに、大女将は福富神社の氏子総代、つまり、神社サポーターのリーダーでもある。

「隅田川を守ってきた亡き夫から、伊吹様がどれほど慈悲深い神様であるかよくよく聞かされております。私にとってたまゆら屋は我が子同然。どこの馬の骨とも分からぬ者に任せるわけにはいきません。どうか、私の意志を継いだ吉乃にお任せください。この老いぼれの最後の願いを聞き届けてくださいませ」

隅田川の水神であった大旦那のことを出されると、伊吹も弱いのだ。

「ばーちゃん、ごはんが冷めちゃうよぉ？」

吉乃が、かったるそうに言う。

直線眉にカフェオレ色のカラコン、白い肌に濃淡のあるピンクのリップ。

流行りのメイクで仕上げられた吉乃の顔は、最近の若者らしくはあるが、特徴が薄いとも言える。しかし愛嬌はあるようだし、身体つきはコンパクトで可愛らしかった。

ただし、衣装は個性的だ。大きなリボンを頭上につけた黒髪のストレートロング。白衣は肩出し、緋袴はミニスカ、露出多めな巫女のコスプレだった。

「まだ教育が行き届いていない面もありますが、物怖じしないところといい、霊力の強さといい、吉乃は私の若い頃にそっくりです。出会ってすぐにピンと来ました。この娘にはたまゆら屋の女将としての資質がございます」

秋葉原《あきはばら》の巫女カフェで働いていた吉乃を、ヘッドハンティングしてきたのは大女将自身だった。

「巫女カフェのチラシ配ってたら、ばーちゃんに逆ナンされちゃったんだよね。掛け持ちしてた別のバイトをクビになったとこだったし、若女将の時給も良かったから引き受けたんだけどさぁ」

どうやら、契約社員で月給制の璃子とは雇用形態が違い、バイトとして雇われているようだ。

吉乃は「しびれた～」と足を投げ出した。

「吉乃、伊吹様の前ではしたない」

大女将が眉を吊り上げる。ところが。

「だって、肝心の伊吹様が視えないし」

吉乃は額に手をかざし辺りを見回す。

(視えてない？)

境目を訪れるだけの霊力があっても、吉乃には神様の姿は視えないようだ。

「というわけで、いっただきま～す」

お膳から木のスプーンを手にすると、吉乃は粉引《こひき》茶碗の和風リゾットをすくって口に入れた。片頬を押さえて嬉しそうな声をあげる。

「えっ、なに、これ、うんまーい」

「吉乃！」

大女将はヒステリックに叫んだ。それから、「時給下げるわよ」と、吉乃の耳元にささやく。

「はぁ？　話が違うだろっ」

吉乃は大女将が相手でも遠慮がない。

「大女将、私たちもいただこう」

伊吹なりに、空気を変えようとしたのだろう。リゾットを口にし、「美味い」と唸る。

「璃子、これは雑炊か？」

「和風リゾット、です。リゾットは油で炒めた米にスープを注いで炊きますが、こちらの和風リゾットは、炊いたごはんを出汁で軽く煮ています。味付けは塩のみ。最後に、こしょう、えごま油、ほんの少しパルメザンチーズをかけました」

秘伝の料理書『七珍万宝料理帖』から、〝こしょう飯〟のレシピをヒントにしたものだ。

〝こしょう飯〟は、炊いたごはんに出汁をかけ、こしょうをふっただけのシンプルな料理。

(江戸時代に、こしょうがあったとは)

璃子がリゾットとした理由は、えごま油にある。リゾットであれば仕上げにバターで濃厚にするところ、えごま油で代用した。

えごま油は菜種油に代わるまで、ポピュラーな油だったらしい。そして再び現代、足りていないとされるオメガ3脂肪酸が摂取できると脚光を浴びている。

（時代は巡る……）

また、えごま油は加熱に弱いため、最後にたらすだけにとどめた。クセのほとんどない油で、味や風味の邪魔もしない。

これらの情報もすべて、『七珍万宝料理帖』からインプットしたものだ。

「普通のリゾットより、罪悪感ないよね。ダイエット中だからありがたい」

しかしそう言う吉乃は、身体のどのパーツもしっかりしている璃子よりずっと華奢に見える。

「味も見た目も大雑把で貧乏くさい」

一口食べ、大女将がすぐにスプーンを置いた。

「御饌《みけ》をお上げしたのは、りこ、お前か？」

「は、はいっ」

大女将にお前と呼ばれ、璃子は震えあがる。

「伊吹様には、最高の食材で極上の料理を召し上がっていただくのが宿の決まりだ。膳を直ちに下げなさい。うちの板前の藤三郎を呼べ！」

　怒鳴るように言い、畳を激しく叩いた。大女将の形相に璃子は怯えて動けない。そんな璃子を庇うように。

「大女将！」

「ばーちゃん！」

　同時に伊吹と吉乃が声をあげた。

「食べ……」

「食べ物を粗末にしていいのかよ？　それこそ神様に失礼じゃね？」

　だん、と吉乃は片膝立ちをする。

　大女将へ真っ向から説教をはじめる吉乃に、伊吹の出番はない。

（お行儀、悪いよね？）

　正論ではあるが態度が酷すぎる。璃子はハラハラした。

「関係あるか知らねぇけど、いただきますっつーのは、命をいただきますだって、各方面への感謝だって、小学校で習ったけどな。心が貧乏なのはどっちだよ」

　もちろん大女将は「論点がずれてるわ」と大してダメージを受けてはいなかった。それでも。

（吉乃さん、かっこいい）

言葉や動作が乱暴であるのは否めない。しかし。

璃子の目には堂々とした態度の吉乃が眩しく映る。何より、吉乃の言い分がすとんと胸に落ちてきた。それに比べ、自分はなんて情けないのだろうと肩を落とす。

「吉乃の言葉はよく分からぬが、圧倒されるな」

伊吹も感心しているようだ。いや、呆れているのかもしれない。それでも。

(再就職も、失敗かな)

若女将にふさわしいのは自分ではないような気がして、璃子は自信を失いかけるのだ。

「ばーちゃん、また湯治に付き添ってやるから、そうカリカリするなって。肩揉んでやろうか」

大女将の背中にまわり、吉乃はマッサージをはじめる。

(フォローも抜け目ないよぉ)

璃子は脱帽した。

「いいから。食事を続けなさい」

気力を失くしたように大女将は言う。

「はぁ〜い」

吉乃は「へへへ」と照れ笑いした。さらに。

「璃子……」

「りこさん、これ、デザート？　スフレだよね？」

伊吹の言葉を遮って、吉乃が身を乗り出した。苦々しげな表情で、伊吹はそんな吉乃を眺めている。

「スフレ風の茶碗蒸しです」

不機嫌そうな伊吹を気にしながら、璃子は「冷める前にどうぞ」と早口で言った。

ココット皿に、銀杏、海老、しいたけ、三つ葉といった茶碗蒸しの具材を入れ、そこへ出汁と黄身入りメレンゲを合わせたものを流し込んでからオーブンで焼いた。

『七珍万宝料理帖』のレシピ、『たまごふわふわ』のアレンジである。

本家の『たまごふわふわ』に具材はない。鍋で沸騰させた出汁に、黄身を混ぜたメレンゲを一気に入れ蓋をして蒸す。

『たまごふわふわ』に縁《ゆかり》のある静岡県袋井市《しずおかけんふくろい》のご当地グルメでもあるらしい。

璃子は茶碗蒸しの前に、本家の『たまごふわふわ』も試作して食べてみた。

ふわふわ食感の卵スープは、ひとまわりして新しいとさえ感じた。それでいてホッとするやさしい味だった。

とろけるような卵の食感は、懐かしい記憶を呼び起こした。ウツショの母親に電話して、近況報告をしたばかりだからかもしれない。

目に浮かぶのは、璃子が病気のとき母親が用意してくれた卵がゆやプリン。

『プリンの妖精が璃子に元気を分けてくれるよ』

自信ありげに母親がスプーンを差し出す。子供だった璃子は、ささやかな反抗心から「プリンの妖精なんていないよ」とそっぽを向いた。

『妖精じゃないの？　だったら何だろう？　蒸し器の中でプリンたちがおしゃべりしてた気がするんだけどなぁ。お母さんには、食べ物の声が聴こえる気がするんだよね』

（卵は元気をくれる）

プリンが喋るわけないことくらいもう分かる年齢だった。それでも、母親の話を聞いているうちに、わくわくしてきた。

母親が璃子に、「あーん」と言う。

璃子は恥ずかしかったけれど、「あーん」と口を開けた。

甘くて、ぷるんとして、美味しかった。なにより。

体調が悪くとも、ふだん仕事で忙しい母親とずっと一緒にいられるのが嬉しかった。

（卵は偉大だ）

江戸時代の卵は高級食材であったが、栄養がつくことから病人への見舞いの品とされていたそうだ。昔から卵はきっと、思いやりの食材だったのだ。

（江戸時代なら、卵を泡立てるだけで大変だったはず）

朝の厨房でハンドミキサーを手に感慨深くなったのを、璃子はぼんやりと思い出していた。

「うんまー」

吉乃から感嘆の声があがり、璃子はハッと我に返る。

「年寄りにはしょっぱいわ」

文句を言いつつではあるが、大女将も茶碗蒸しを口にした。

（塩味がきつい？）

パックンレシピのように、細かな調理法や分量が記載されていない『七珍万宝料理帖』では、大部分を勘に頼ることになる。

となると、璃子の調理では現代風の味付けにならざるをえない。

（味が濃いのかな？）

「失礼いたします」

そこへ、予定通り梅がデザートを運んできた。甘味好きの伊吹の目が輝く。

それぞれのお膳に汁椀が並べられる。

「汁粉《しるこ》か」

汁に浮いた白玉を見て、伊吹は言った。

「いや？」

しかし、小豆《あずき》の汁ではないことに首を傾げる。薄茶色をした液体はミルクティーだ。

「すすり団子ミルクティーです」

それは、ミルクティーに白玉を浮かべたスイーツ。トコヤミから分けてもらった和紅茶、〝べにふうき〟で煎れたミルクティーが要である。

〝べにふうき〟は緑茶でも美味しいが、紅茶にした茶葉は甘みがあり、ミルクティーにとても合う。

「これが、すすり団子？」

大女将も驚いている。〝すすり団子〟は、汁粉の原型だ。

もち米とうるち米を合わせた団子を塩味の小豆の汁に入れた〝すすり団子〟は、江戸時代の酒の肴だった。

璃子は〝すすり団子〟をイメージして、上新粉と白玉粉、そこへ豆腐を混ぜ合わせて団子にした。豆腐の水分だけで繋ぎになるため、水を加える必要はない。

「タピオカミルクティーのタピオカを白玉にしてみました。豆腐入り白玉です」

「だから噛み切りやすい……、それにしても変わった甘味ですこと」

大女将は、ふん、と顔を背けた。

余った豆腐を使い切りたかったという事情を言えば、また貧乏くさいと叱られるかもしれない。璃子はそっと顔を伏せた。

「いわゆる、進化系スイーツでしょ？」

大女将とは対象的に、吉乃は大喜びだ。白玉で頬を膨らませ、「うんまい」を繰り返す。

「璃子、箸が止まっておるぞ。遠慮せず食べるがよい」

伊吹は自分も食事を続けつつ、さり気なく璃子を気遣った。

「はい」

璃子は、ちらり、と伊吹の様子をうかがう。

(神様、なんだよね)

白玉を頬張り、控えめに幸せそうな表情をする伊吹を見ていると、璃子はなんとも言えない気持ちになった。

(尊いような、愛おしいような)

しかしすぐさま、神様相手に滅相もない、と璃子は頭を振る。

「とにかく若女将は吉乃でございます。吉乃も、伊吹様に嫁ぐ覚悟でまいっております。ね？」

念を押すように、大女将は吉乃を厳しい目つきで見た。

「結婚とか興味ないけど、一回くらい経験してみるのもいいかなって。しっかし、ばーちゃんウケる～、嫁ぐ覚悟っていつの時代だよ。今どきバツイチくらい普通じゃん。で、伊吹様ってマジでイケメンなの？」

吉乃はあっけらかんと璃子に訊ねる。

「ええ、まぁ」

（イケメンなのは間違いないんだけど……）

璃子は困ったように笑った。

大女将は苛々しながら吉乃の袖を引く。

「ほ、ほら、吉乃、伊吹様にご挨拶を」

「伊吹様、よろしくお願いしまーす」

吉乃が床の間に向かって頭を下げるのを横目に、伊吹は苦笑するのだった。

食事を終えると早々に、伊吹は仕事に戻った。同じく璃子も、休む間もなくお膳の後片付けをはじめる。

大女将の姿はすでにないが。

（米粒一つない）

残された大女将のお膳はとても美しかった。器は、拭き上げられたかのように輝いている。

大女将が食事中に、口元を懐紙で押さえていたのを思い出す。使用した懐紙は、お膳に残されてはいなかった。

丁寧な食事は、片付けるときまで気持ちがいいと感心する。そんな璃子のもとへ、ずかずかと吉乃が歩み寄ってきた。

「りこさんから獣の匂いがするんだよね。その匂いを辿ると、敵意のようなものが混ざってて。悪いものかもしれないし、切ってあげようか？」

「切る？」

「うん。縁切り、得意だからさ」

吉乃はあずま袋から取り出した付箋紙に、筆ペンでさらさらと何かを書き入れた。

「動かないで」

そう言うと、璃子の額にぺたんと付箋を貼る。

「えっ？」

「護符《ごふ》の代わり」

戸惑う璃子に吉乃は言った。さらに手を鋏《はさみ》の形にして、チョキチョキと切る仕草をする。

「ごふ……？」

「ごめんねー。見えないから適当にやるけど、そのうち切れると思う」

吉乃は、かがんだり背伸びをしたりしながら璃子のまわりでチョキチョキし続けた。すると、光の玉がゆらゆらと頭上からあらわれ、璃子の目の前で弾けた。

『きゃーっ』

中からキツネのビャクが飛び出す。

「わっ」

受け止めようとする璃子の手をすり抜け、ビャクは落下してしまった。

『い、痛い……、もうやめてください』

畳の上で小さく震えながら、ビャクはめそめそ泣いている。ところが吉乃はそれにまったく気づいていないようで、鋏の手を動かし続けた。

「あ、あのっ。たぶん、切れました」

璃子は吉乃の手を掴んだ。

「吉乃！」

そこへ、不機嫌そうな大女将の声。大広間を出た廊下から、大女将がこちらを睨みつけていた。

「さっさといらっしゃい」

「へーい」

あっけらかんとした吉乃に璃子のほうが冷や冷やする。

「護符は燃えるゴミに出しといて」

吉乃はそう言い残すと、「ばーちゃーん」と大女将のもとへ走っていった。璃子はそっと額から付箋をはがす。

「きゅうきゅう？」

付箋には〝きゅうきゅうにょりつりょう〟とひらがなで記されていた。

『急急如律令ですって？　失礼な！』

魔物を祓う呪文に憤慨し、ビャクは興奮気味に叫んだ。

「ビャクさん、大丈夫？」

璃子はそんなビャクの背中をなでてやる。

『やっぱり、吉乃さんのことは好きになれそうにありません。私、若女将は璃子さんがいいですっ！』

ビャクは甘えるように璃子に飛びついた。

「吉乃さん、伊吹様は視えないのに、ビャクさんには気づいたのかな？」

言いながら、璃子はそっと尻尾にも触れる。

『私の強い怨念を感じ取ったんでしょう！　逆に言えば、伊吹様が吉乃さんに興味を示されていないので視えないんでしょうね』

「そういうものなんですね……でも……」

ビャクは『あーイタタ』と尻尾を丸める。

『伊吹様に命じられ璃子さんに憑いていたのに、これでは台無しだわ～』

「えっ？」

『い、いえ、ですから。璃子さんこそ若女将に相応しいお方なのです』

「あ、ありがとう？」

しかし、璃子は思うのだ。

(吉乃さん、本物の巫女なのかも)

ビャクの気持ちは嬉しいが、吉乃は若女将に適任であるかもしれない、そんな気がした。


たまゆら屋プレオープンまであと七日、璃子の境目暮らしも一週間となった。皆の仕事を手伝うだけで毎日があっという間だ。

昼食を終えた璃子は、大広間を出て食堂へ向かっている。

璃子の後ろには、桜、菫、梅の三人。それぞれがお膳を抱え一列に並んで廊下を行く。

「下膳も大女将は見ていますから」

梅から忠告され、璃子は気を引き締めた。神様の器は特に丁重に扱わねばならず、慎重な足取りで厨房へと向かう。

(もし、落として割ったりしたら……)

「わーっ！」

璃子の前に、稚児髷がぴょこんとあらわれる。厨房から飛び出してきたのは座敷童子の千景だった。

『こら待てー！』

続いて、和包丁の藤三郎が追いかけてくる。人間サイズの包丁なので、かなり危険な状況だ。

「あ、あぶなっ」

お膳を高く上げて守ろうとする璃子の周りを、くるくると千景が走り回っていた。

『お前の仕業かー』

「違うって言ってるだろー」

千景は「べーっ」とあっかんべーをした。

『こらー！』

「ああっ」

藤三郎の刃先が璃子のお膳を撥ね飛ばす。

（うそー！）

お膳が自分の手を離れ宙に浮き、器や箸が散らばっていくのが、スローモーションのように見えた。

（終わった……）

床に落下した衝撃音、砕けた破片が飛び散る映像。璃子はそれらを想像して、ぎゅっと目を瞑った。

ところが、時間が止まったかのように、しん、と辺りは静まり返っている。恐る恐る璃子が目を開けると。

「お見事」

人の形になった藤三郎がなにかに心酔している。

「ほう」

三人の仲居はうっとりした表情を浮かべている。

「すごーい」

千景は目を輝かせていた。

璃子は皆の視線の先を振り返る。

ふさり、黒い尻尾が上下した。いつの間にやら、涼やかな顔でお膳を手にするトコヤミが立っていた。

（なにが起こったの？）

「どうぞ」

トコヤミが差し出すお膳を、呆然としながら「どうも」と璃子は受け取る。

「疾風のごとくあらわれたトコヤミ様が」

「またたく間にお膳と器をキャッチして」

「一切の音を立てることなく元通りに」

桜・菫・梅の三人が順を追って説明した。

「あっ、ありがとうございます」

トコヤミに頭を下げる璃子の手元で、がちゃんと器同士がぶつかった。

「うわっ」

お膳の器はなんとか無事だったものの、冷や汗が出る。

「璃子、しっかりしろ。トコヤミ様が助けてくださったのに台無しじゃないか」

藤三郎に非難され、璃子は反論したい気持ちをなんとか押し留めた。

お膳をひっくり返したのは藤三郎だ。そもそも厨房から姿を消し、今までどこでなにをしていたのだろう。

「藤三郎さんこそしっかりしてください」

「厨房はてんてこ舞いだったんですよ」

「子供と遊んでる場合じゃありません」

桜・菫・梅の三人が璃子に代わり反論する。

「そんな怖い顔で見るなよ。遊んでたわけじゃねぇって。座敷童子に悪戯されて、倉庫に閉じ込められてたんだ」

ぶつぶつ言いながら藤三郎は、はちまきを締め直す。

「僕じゃないもん」

千景は口の端を引っ張り「いーっだ！」と言って駆け出した。

「犯人は黒いお化けだよー」

途中で振り向き叫ぶと、さらに走っていく。

（黒いお化け？）

もしかして黒い霧のことだろうか――、訊ねようとしたけれど、すでに璃子の視界から千景は消えていた。

「藤三郎さん、倉庫の中に居たんですか？」

「ちょっと一杯、いや、休憩してたら、外から鍵かけられたみたいで出られなくてさ」

（ちょっと一杯？）

赤ら顔の藤三郎に璃子は呆れてしまう。

「仕事中に呑んでおられたのですか？」

ジロリ、とトコヤミの目玉が動いた。

「いやいや、ほんのちょっと、味見、味見。ああ、そういや、倉庫の中に落ちてたんだけど、調理用じゃないし、なんだろうな？」

ごまかすように言って、藤三郎が鋏を見せてきた。キッチンバサミでないことは、形状を見てすぐに分かる。

トコヤミがそれを受け取った。

「裁ち鋏、ですね」

大きくて重厚感のある鋏。璃子も洋裁で使用したことがある。

トコヤミが鋏を動かすのを見て、布を切るときの、ゴリッ、ジャキッ、という鈍い音を思い浮かべた。美しく研がれた刃に、切れ味の良さを想像し寒気がする。

『こっちに向けないで！』

さらに、頭の中に甲高い声が蘇る――。

それは派遣先の会社で段ボールを解体していたときだ。厚めの段ボールを切るために、璃子が手にしていたのは大きめの鋏。

『やめて！』

物凄い形相で睨みつけられたのを思い出す。

故意にその人へ、刃先を向けたわけでもなかったが、璃子は「すみません」とすぐさま謝った。鋏はそれだけ、人を恐怖させる。

「お裁縫が得意な雪さんの鋏じゃないでしょうか」

梅が思いついたように言った。

「お裁縫は裁断が重要ですものね」

菫が感心したように頷く。

「お膳を先に片付けましょう」

　桜はさっさと厨房に入っていった。

（黒い霧、倉庫、裁ち鋏……）

　璃子は不吉な予感とともに、トコヤミの手にある鋏を見つめていた。

　たまゆら屋・十六階の茶室ラウンジにはテラス席がある。テラスと言っても三方は高い壁に囲まれていた。見上げると、四角い夜空が切り取られたようにそこにある。

　宿でのくつろぎの時間、都会であることを忘れられるように周囲の景色を隠した――というのはよろづリゾートのプロモーションサイトからの情報だ。

（素敵……境目であることも忘れそう……）

　赤い毛氈《もうせん》のかかった茶屋らしい床几台（椅子）に、璃子と伊吹は並んで座っていた。夕食もとらず仕事をしていた伊吹は、ふらりと顔を見せ、「話がある」と璃子を部屋から連れ出した。

　ビャクは吉乃によって祓われたため、もう璃子に憑いてはいない。つまり、正真正銘の二人きりだった。

「わたし、すっぴん！」

　入浴を済ませた璃子は、ビャクから借りた浴衣に足袋ソックスという身なりだった。

「無加工ということか？　いつもと変わらぬが」

「…………」

（寝顔も見られ、今さらだよね）

美しい顎のラインや長いまつげに見惚れながら、隣にいる神様の顔が特別すぎるのだ、と璃子は改めて思う。でもそんなことより、今は――。

星のない冬の寒々とした空の下、これからなにが起こるのだろうと璃子はそちらのほうが気がかりだった。

「冷えぬか？」

伊吹は自分の羽織を璃子の肩にかけた。

「あ……、ありがとうございます」

何事もなかったかのように伊吹は空を見上げる。璃子の顔は自然と赤くなる。

（なに、このシチュエーション）

これではまるで恋人や新婚カップルのようだ。いや、もしかして。璃子はもう一度、伊吹の横顔を盗み見る。この展開は――。

（まさか、床入り？）

「なんだ？」

視線に気づいた伊吹が璃子を見る。しかも、ものすごく不機嫌そうに眉間に皺を寄せている。

（いいや、違う）

あんなむすっとした顔でこれから口説かれるとはとても思えなかった。

「伊吹様が風邪をひくと困りますから」

璃子は羽織を返そうとするが。

「馬鹿。私が風邪などひくわけがない」

呆れたように言われ、「そうですね」と璃子はおとなしくなる。相手は神様なのだから。

「明日、私は終日神社だ。なにかあればトコヤミを頼るように」

（終日神社？）

終日出張のようなノリで言われ、璃子は戸惑った。

「あ、あの、神様って常に神社にいるわけではないのでしょうか？」

「シフト制だ。うちの神社は五柱祀ってあるから、比較的楽なほうだな」

（シフト制？）

璃子は考え込む。

「だからこのように旅館オーナーという副業も可能なわけだ」

（副業？）

璃子は頭を抱えた。

「とはいえ、オープンすれば宿は途端に忙しくなるだろう。私が留守にするときは若女将である璃子がすべての采配を取らねばならない」

「あ、あのっ」

（………無理です）

璃子は自分にはとても無理だ、と伊吹に訴えたかった。

「なんだ？」

ここで弱音を吐けば、仕事や居場所を失うことになるかもしれない。それでも、大女将の冷たい態度や吉乃の凜とした姿を思い返す度に、心は折れそうになる。

「い、伊吹様には許嫁の吉乃さんがいるのに、どうして……」

どうして、自分を若女将にするのだろう。その理由が璃子には分からなかった。自分に自信がもてない璃子の声は、か細く震えていた。

伊吹は、そんな璃子を奇妙なものを見るように眺めている。すると。

「ああ、そういうことか」

いかにも面倒くさそうな顔で言った。

「いつの時代も女はヤキモチでいかん。ほら、これでよいか？」

伊吹は璃子を抱きしめた。しかも、かなり雑に。

（………えっ？）

「なにするんですか！」

「わわっ！」

　璃子は勢いよく伊吹を突き飛ばした。伊吹は転げ落ちそうになるが、すんでのところで耐えてなんとか椅子にしがみついた。

「まったく、璃子は乱暴すぎる」

「ご、ごめんなさい。でも、伊吹様は、セクハラすぎます」

「夫婦《めおと》ではないか」

「契約上の、です」

　璃子はすくっと立ち上がった。しかも神様の前なのに、仁王立ちになる。伊吹は驚いたように璃子を仰ぎ見ていた。

「だ、だから、契約上の夫婦であろう？」

「勝手に身体に触れていいなんて、契約書にはありませんでした」

　ピシャリと璃子が言い、伊吹は「うっ」と言葉を詰まらせた。

（私、珍しく強気）

　璃子は、伊吹に対してはっきり意見する自分自身に驚いていた。

「夫婦であっても、プライバシーの侵害やハラスメントは、絶対駄目ですっ」

「わ、わかった。夫婦であっても抱擁してはならんのだな」

（抱擁……）

璃子は顔を真っ赤にした。それから、項垂れる伊吹を目にして複雑な心境に陥る。

伊吹に抱きしめられたことは、ずいぶん恥ずかしくはあったけれど、嫌かと訊かれると、よく分からなかった。

「そういうのは、お互いの心が通じ合ってからすべきことだと思います」

「そうか。妻を娶るのは数百年ぶりゆえ、分からぬことが多い。現代の作法を璃子が教えてくれ」

伊吹の、どこかおどおどした様子に璃子は絶句する。

(神様、再婚だった……!)

ますます璃子の悩みは複雑化するのだった。

✿

「璃子、ぼーっとするな!」

朝の厨房で藤三郎の怒声が飛んだ。璃子は目の前でぐつぐつと煮えたぎる味噌汁に驚き、慌てて火を止める。

(うわあああっ、失敗したー)

「すみません」

昨夜は布団に潜ったところでなかなか寝付けなかった。それでも眠たい目をこすりながら、早朝から厨房に入った璃子であったが、やはり動きは鈍重だ。

（結局、なんで私が若女将に？）

ぼんやりと考え事ばかりしている。さらに。

『夫婦であっても抱擁してはならんのだな』

伊吹の言葉が蘇り、璃子はかあっと顔を赤く染めた。伊吹はすでに神社の仕事に出かけたようで、今朝は顔も合わせていない。

「具合でも悪いのか？　熱があるんじゃないか？　だったら休んでおけ」

藤三郎が真面目な顔になる。

「大丈夫です。ご心配ありがとうございます」

（……心配してくれたんだよね？）

藤三郎のやさしい一面に璃子は心を和らげる。ところが。

「バカヤロウ。お前の心配じゃない。体調が悪いやつに味が分かるわけがないだろ。俺は料理の心配をしてるんだよ！」

（わたしのことじゃなかった……）

厳しく叱られてしまい、璃子は身体を強張らせる。これまでの人生で他人に怒鳴られることなどほとんどなかった。怖い、感情はそれだけになる。

「いつまでも素人面して責任回避できると思うな。とにかく、休め」

藤三郎は、はちまきを締め直した。

(責任回避?)

怖いとは思うものの、璃子は藤三郎がとても大切なことを自分に示してくれているような気がした。

いい加減な気持ちで料理をしてはいなかったか? 改めて自分に問いただす。しかし、ぐるぐると考えはまとまらない。

(今、わたしにできることは――)

「だ、大丈夫です」

ここから逃げてはいけない――、やっとの思いで声を絞り出した。

「璃子さん、体調が悪いスタッフを調理場に入れることはできません。とりあえず、休んでください」

しかし結局、梅に背中を押され厨房を出されてしまった。

「本当に、体調が悪いわけじゃないんです」

璃子はなんだか悲しくなってきた。仕事中に考え事をして、料理を駄目にするなんて最悪だ。

「藤三郎さん、素直じゃないから。璃子さんも、新しい環境にまだ慣れなくて疲れが出たのかもしれませんよ。厨房は私たちに任せてください」

「……はい」

梅の言うとおり、疲れているのかもしれないと璃子は思い直す。

「二階のフロントにビャク様がいらっしゃいます。まだオープン前で仕事はありませんが、朝食ができるまで良かったらそちらに」

にっこりと梅が微笑み、璃子の心は少しだけ軽くなった。

璃子はエレベーターに乗り、〈弐〉のボタンを押した。たまゆら屋は地下に駐車場、一階は玄関フロア、二階がフロントとなっている。

エレベーターのドアが開くと、正面のフロントデスクにビャクの姿があった。和モダンで重厚感のある黒大理石のカウンターがフロントだ。

「カッター、どこに行ったのかしら？」

リーフレットを持ち上げたり花瓶を移動したりしながら、ビャクは捜し物をしているようだった。

「カッター、ですか？」

璃子もカウンターの上を見回してみる。

「はい。今すぐ必要ってわけじゃないんですけど」

ホテルのフロントでは、貸し出し用にひと通りの文房具を揃えているのだ。

「どこかに置き忘れたのかも。璃子さん、厨房のお仕事は？」

「今日は手が足りているようです」

璃子は余計な心配をかけまいと作り笑いをする。藤三郎に叱られて厨房を追い出されたとはさすがに言えない。

「藤三郎さん、やっとやる気を出したようですね。一時は大女将とやりあってどうなることかと思いましたが。つきあいの長いお二人は気を許し合っているのか、いつもあの調子なんです」

ビャクはカウンターのリーフレットを揃えながら言った。

「フロント係はビャクさんが？」

「はい。境目のお客様は私が担当する予定です」

いよいよ来週、プレオープンを迎える。しかしながら、一週間やそこらの経験だけで乗り切れるのだろうかと璃子は不安になった。

「グランドオープンは春頃だったはずですが、プレオープンはずいぶん早めですね」

「早め……ええ、境目のリズムで時を刻んでいますから」

ふふふ、ビャクが意味深に小さく笑う。

璃子は意味が分からずに「それはいったい……」訊き返そうとしたところで。

シュッと正面のエレベーターの扉が開き、冷気が漂ってきた。中から、純白の作務衣を着た雪が降りてくる。

「璃子さん、客室の清掃を手伝っていただけませんか？」

いつもの冷たい声がホールに響く。

「ええと、ビャクさん、雪さんを手伝ってきますね」

璃子はカウンターの中のビャクに声をかける。

「…………」

しかし、ビャクは目を見開いたままで黙り込んでいる。

「ビャクさん？」

璃子は、もう一度名前を呼んだ。

「ビャクさん、璃子さんをお借りしますね」

雪がビャクに向かってふわりと手を上げる。すると。

こくり、とビャクが頷く。

「さあ、璃子さん、こちらへ」

雪に手招きされ、「いってきます」とビャクに告げる。

（さっきまでと様子が違う――？）

幾度もビャクを振り返りながら、璃子はエレベーターに乗り込んだ。

ふっと身体が軽くなり違和感を覚える。璃子はエレベーターが下へ向かっていることに戸惑った。

(地下は駐車場のはずだけど)

客室に向かうのならば三階以上である。操作盤を見ると〈奈落《ならく》〉の文字が点灯していた。

「雪さん、客室の清掃でしたよね？　下に向かっていますけど」

「地下に清掃道具を取りにまいります」

雪は相変わらず無表情のまま言った。

いつも以上に寒気がして璃子は腕をさする。雪の冷気なのだろうが、どうにも震えが止まらなかった。

「着きました」

雪はするっとエレベーターを降り、地下通路を進んでいく。璃子もそのあとをついていくしかなかった。

(寒い……)

薄暗い地下に、白い作務衣を着た雪の後ろ姿がやけに浮き上がって見えた。二人の足音だけが響く通路は、どことなく心細くて――。

ぴたり、雪は立ち止まり、

「なにもかも、あなたのせい」

ゆっくり後ろを振り返る。

「え？」

「あな……せい……。あ……た……が……奪うから」

スノーノイズで聞き取れない。やがて、雪の姿が陽炎のようにゆらゆらと揺れはじめた。

「雪さん？」

（…………ひっ）

咄嗟に璃子は両手で口元を押さえ、叫びを飲み込む。

あろうことか、雪の色が反転した――白から黒へと。璃子が目を凝らして見つめる先には、もう雪の姿はない。ただ黒い霧のようなものが立ち込めていた。

（雪さん……）

驚きか、恐怖なのか、もはや分からない。璃子の瞳にじわりと涙がにじむ。

やがて霧の中に手や足の形が目視できるようになった。黒い霧の中からぬるっと出てきた人の形に、璃子は見覚えがあった。

落ち着きのあるグレージュの髪は、胸のあたりでゆるくカールしている。メーカーの事務職らしく派手すぎず、やや堅めのメイク――そう教えてくれたのは十歳年上の先輩だったはずだ。

「麻美さん？」

璃子が半年ほど勤めた派遣先で世話になった、先輩の麻美が目の前にいる。なんとなく気まずいまま別れたきり、連絡もとっていない相手。ただし、璃子が去ったあとも契約を更新した麻美は、同じ職場でまだ働いているはずだ。なのに。

「あなたのせい。仕事を奪うから……」

麻美の声は恨めしそうだった。

(仕事を奪う？)

「どういう意味ですか？」

璃子は怯えながらも、麻美の姿をしたなにかに訊ねた。

「課長はあなたに派遣を続けてもらいたかった。本当は私が契約を切られるはずだった」

麻美の口元がにやりと歪む。

「え……」

「宮本《みやもと》くんは私の彼氏になる予定だった。二人でランチする仲にまでなれたのに」

(宮本さん？)

宮本は璃子に何度も「食事に行こう」と誘ってきた元派遣先の男性社員だ。

「あなたのせい」

一歩、麻美が璃子へと足を踏み出す。璃子が反射的に後ろへ下がると背中に衝撃が走った。背後には積み上げられた段ボール箱。

(いつの間に？)

幅一・二メートルほどの地下通路は塞がれ、璃子は逃げ道を失った。

「呪うのハッシュタグをつけて、SNSアプリで毎日つぶやいたわ。あなたが派遣契約を切られますようにって。そうしたら思い通りになったの」

さらに一歩、麻美が近づいた。血の気のない顔にギラギラとした目玉。黒い霧が麻美の背後で渦を巻いている。

「なのに、私、年内で契約終了ですって。宮本くん、彼女ができたんですって。ぜんぶ、あなたのせい」

「わ、わたし、知りません」

段ボール箱の山を崩そうと背中で押すが、璃子の力ではびくともしない。

「あなたのせい。あなた、あの娘《こ》にそっくりだもの」

黒い霧の中でなにかが鈍く光った。

ゴウ、と音を立て向かってくる。

頬に感じる風。璃子の前髪が浮いた。

瞬きする間もない。薄気味悪い光が、璃子の顔面からほんの数センチ横の段ボールに突き刺さる。

(鋏……?)

段ボールにめり込んだ鋭い刃先に、璃子は青ざめた。

『消えろ』

その声は、麻美の口から発せられたとは思えないほど低く轟いた。同時に霧から複数の光が再び放たれる。

（……死ぬ！）

確実に光る刃は璃子を狙ってくるだろう。このまま死ぬのかもしれない、と璃子は目を瞑った。

（生きるって、こんなに大変？）

人生はうまくいかないことばかりだ。

贅沢なんてしていない。ただ生きているだけ。なのに、それだけで苦しくなる。

物や情報がこれだけあふれる現代で、璃子は来月の家賃さえ払えないかもしれない。SNSでキラキラしている人たちのようには、いつまでたってもなれない。

閉じた瞳の奥は、もう涙でいっぱいだ。

母親は新しい家族と幸せに暮らしている。母親のもとに自分の居場所はないと、璃子は思う。

（だったらいっそ……ここで死んでしまってもいいのかも？）

世界の隅っこで生きている人間が叫んだとして、きっと誰も気づかない。世界からひとりの人間が消えたとして、きっと誰も気にしない――。

（……楽になりたいよ）

とうとう璃子は、生きることを諦めそうになった。ふと、父親が天国で待っているかもしれないという考えが浮かぶ。

（お父さん、わたしのこと覚えてるかな？）

手のひらがほのかにあたたかくなる。父親が呼んでいる気がした。

『璃子、父さんはずっとお前の父さんだ』

最後に会ったとき、別れ際に父親は、璃子の頭を撫でてくれた。

（お父さん、ごめんなさい）

璃子は後悔していた。両親が離婚したことに傷つき、父親と並んだ写真を見られなくなった。父親との思い出を遠ざけて、辛いことを忘れようとしていた。

（お父さん、もっと一緒にいたかったよ）

日尻からじわりと涙があふれた。今すぐ父親に会いたくなったせいだ。

しかし、璃子の父親ならば、きっとこう言うだろう。

『せいいっぱい生きたら、また会おう』

父親を思い出そうとしても、やはり記憶は曖昧だった。そして次に、璃子の脳裏に鮮明に浮かぶのは——。

璃子、と自分の名を呼ぶ伊吹の不機嫌そうな顔。

仲良くなれそう、と笑うビャクのやさしい目。

料理から漂う美味しそうな匂い。食材を刻むリズミカルな音。ぐつぐつ煮える鍋から立ち上る幸せな湯気。視界を埋め尽くす食材の新鮮な緑や赤や黄色。

(わたし、生きたい)

心から、璃子は祈った。

(誰か……)

助けて、と強く祈った。

そのときだ。激しい金属音が周囲に響き渡る。璃子は驚いて目を開けた。そこでやっと、ほんの瞬きの間に様々な思いを巡らせていたのだと気づく。

「ここが神の領域と知っての所業か!」

獣の咆哮にも似た声がし、バラバラと段ボールが崩れ落ちていく。

「お怪我はありませんか?」

璃子を庇うように前に立つのはトコヤミだった。手には十手のような武器が握られている。怯える璃子は頷くだけでせいいっぱいだ。

「もう大丈夫です」

トコヤミの鋭い目が麻美を捉える。麻美の足下には、武器で振り払ったあとの鋏や刃物が散乱していた。

『…………ぅぅ』

人間とは思えぬ呻き声。開きかけた麻美の口から、言葉が発されることはなかった。黒い霧があたりを包むや、麻美を消し去ってしまう。

やがて空間は無になった。

「逃げたか」

トコヤミが悔しげに言った。残されたのは鋏と刃物だけ。

「……ありがとうございます。このことは、ビャクさんから？」

璃子は脈打つ胸を押さえながら、フロントに残してきたビャクを心配した。

「はい。ビャクは自らの力でなんとか、先ほどのアレにかけられた妖術を破り、私のもとへ」

（…………妖術）

璃子の動悸はおさまりそうにない。

「どうかアレを捕らえるまで、むやみに一人にならぬようお気をつけください。宿は境目ですから、なにかに紛れてまたあらわれるでしょう。私が常にお守りできれば良いですが、宿の仕事を疎かにすることもできません。また、そうそう大きな結界を張ることも難しいのです。そうすれば、今度は客人たちが宿を見失い、不便な思いをしますので……」

トコヤミが申し訳無さそうに言う。

（アレ……）

アレは雪に変化し、ビャクの意思を操る妖術を使った。

アレの正体は麻美なのか、それとも自身が描いた幻影なのか、璃子には判断がつかなかった。

「……あっ」

そこで、刃物とともに床に転がる鉛筆が目に入った。

（どうして？）

先の尖った鉛筆を拾い上げる。璃子にはそれだけが異質なものに思えてならなかった。

「こんな宿、出ていってやらぁ！」

突然の大声に驚いた璃子は、味噌汁の椀を落としそうになる。

食堂の入り口を振り返ると、藤三郎が頭からはちまきを取り、床に叩きつけているところだった。その隣に、困り果てたように眉を下げて立ちすくむビャクの姿がある。

璃子も食事どころではなくなった。

畳敷きの和室には、従業員食堂と呼ぶにはアットホームな、丸いちゃぶ台と座布団が並んでいる。

食堂というより古民家の居間だ。天井には味のある曲がった梁があり、素朴でレトロな平笠の照明が妙に馴染んでいる。

騒がしい藤三郎を気にすることなく、隣のテーブルでマイペースに魚をつつくスタッフは、人の形をしているが猫耳と二本の尻尾を持っていた。

（化け猫さん……かな）

人も人ならざるものも一緒。そんな光景にも数日で慣れてしまった順応性の高い璃子である。

それにしても、藤三郎に困っているビャクが気がかりだ。

伊吹が留守のため食堂で夕飯をとっていた璃子だが、落ち着かなくなりそっと箸を置いた。昼は悪霊、夜は付喪神、次々とトラブルが起こり、ビャクも大変だ。

「藤三郎さん、どうしたんでしょう」

璃子の向かいに座る梅が、不安そうな顔をした。

「ちょっと、行ってきます」

同じテーブルで食事をする桜たち三つ子にことわって、璃子は席を立つ。三つ子たちは同時に頷き、璃子を見送った。

「お二人とも、いったいどうしたんですか？」

璃子は入り口に立つビャクのそばへ行き、用心深く訊ねた。すると、じろりと藤三郎から睨みつけられる。その様子に、ビャクはおろおろしながら璃子の腕をひいた。

「璃子さん、こちらへ」

あえて藤三郎から距離を取るように、食堂の外へと連れ出される。

「実は、レストランの料理長が別のかたに決まったんです。藤三郎さんはこれまでどおり従業員食堂担当、それが気に入らなくて怒っていらっしゃるんです」

ビャクが小声で言った。

「レストラン？」

「十六階の和風ダイニングです。当初、藤三郎さんはレストランも任されるはずでした。ところが、大女将がどこぞの異界から腕の立つシェフをスカウトしてきたようで。五つ帽子レストランの総料理長を務めたこともある、魔術を使う料理人だとか」

「魔術を？」

魔術を使うシェフもまた人ならざるものなのか、どんな姿をしているのか、璃子はまずそこから気になった。そうしているうちに。

「ちょっくら大女将に話つけてくらあ」

二人の横をどすどすと藤三郎が通り過ぎていく。

「私、トコヤミを呼んできます」

ビャクが慌てたように言った。

すぐに、エレベーターの到着を知らせるチャイムがなる。

「わたしは、藤三郎さんを止めてきます」

「璃子さん！」

「大丈夫ですから」

ビャクを安心させるように声をかけ、璃子は急いで藤三郎を追いかけた。

「ま、待ってください」

締まりかけた扉に手をかけ、無理やり璃子はエレベーターに乗り込む。とうぜん藤三郎は驚いた顔をしていた。

「なにやってんだ。あぶねえだろうが」

「藤三郎さんこそ、どうするつもりですか」

藤三郎は知らん顔で〈拾陸《じゅうろく》〉を押した。食堂の十七階から十六階へ、エレベーターの籠はあっというまに到着する。

はちまきを締め直した藤三郎は、扉が開くなりぴょんと降り立った。

エレベーターホールの壁には案内図。和風ダイニングと茶室ラウンジ、それぞれの場所を指す矢印の向きは逆方向に示されていた。

藤三郎は和風ダイニングのほうへと曲がっていった。その後ろを璃子も黙ってついていく。しばらくすると、足がぽかぽかしてきた。

（あったかーい）

羽目板の通路は、無垢の感触と床暖房が足裏に心地よい。うっかり緩みそうになった気持ちを引き締め、璃子は一歩一歩踏み進めていく。

「おおっ……！」

藤三郎が柱に隠れるようにして立ち止まった。

ガラスファサードの和風ダイニングは、店内の様子が通路からでもはっきりと見える。客席はすべて座敷で、木目が美しい浮造《うづくり》のローテーブルと椅子がレイアウトされていた。ダウンライトで明るさを抑えた照明、和をコンセプトにしたインテリア。上質でモダンな空間に目を奪われる。

（伊吹様……？）

店内中央の席に伊吹の姿があった。伊吹の向かいに座るのは大女将と吉乃だ。他に客はいない。

璃子は伊吹が宿に戻っていることを知らなかった。さらに、大女将たちと食事をしているとは思わなかった。

（なんだか楽しそう）

ご機嫌な大女将の様子に、璃子は少しばかりもやもやする。

璃子のことを若女将としておきながら、今夜、伊吹は大女将や吉乃と食事をしている。もやもやは疎外感だろうか。それから。

(吉乃さん、キレイ)

今夜の吉乃は、変わった巫女服ではなかった。淡い桃色に桜や菊の丸紋が可愛らしい着物姿で、上品に微笑んでいる。

そんな吉乃をじっと見つめる伊吹を見て、璃子の胸は、チクリと痛んだ。

(なんだろう、この痛み)

「いいもん食ってやがるな」

藤三郎がぼそりと言う。

鯛の姿造りと様々な刺身が盛り合わせになった大迫力の舟盛りに、二人は目を見張った。

「舟盛りと……あとはなんだ？　創作会席か？」

「創作会席……」

璃子は、オレンジと白のソースが流された皿や、見た目に楽しい小高く立体的に盛られた肉や野菜を、頭の中でイメージした。

「ノレンチみてぇに気取った日本料理のことだよ」

「はい、女子会にもってこい……いえ、だいたい分かります」

藤三郎は、「へえ、そうかい」と不機嫌そうに言った。

「あれが、大女将が言っていた時代に合った料理かね。たいしたことねえな」

捨て台詞を吐くと、藤三郎はくるりと店に背を向けた。

「俺は帰るぞ。あとは勝手にしろ」

「え……」

「見た目に誤魔化されるな。って、一汁三菜の基本も知らねぇお前には関係ないか」

藤三郎の言葉には、いつものような威勢はない。

すっかり元気を失くした藤三郎の後ろ姿に、璃子は掛ける言葉もなかった。

肆

夕餉はこのうえなき

お品書き

暇《いとま》乞《ご》いの膳

●鍋物
鴨鍋風手羽先のソロ鍋

●蕎麦
〆の手羽南蛮蕎麦

●御飯
根深味噌の焼きおにぎり

たまゆら屋プレオープンまであと五日だというのに、心配事は尽きない。

和風モダンな日本旅館の内装に意外にも北欧風なペンダントライトが馴染む、シンプルな二階フロント。そこに、ビャクと並んで璃子の姿があった。

璃子は黒大理石のカウンターを丁寧に磨いていた。その天板へ、ふっと影が落ちる。

「なにをしておる」

璃子が顔を上げると、伊吹が不機嫌そうに口を曲げていた。

「そ、掃除です」

つい、璃子のほうもそっけなくなってしまった。すると。

「なぜ、私は藤三郎と朝餉の膳に向かわねばならないのだ」

「えっ」

「朝から延々と愚痴を聞かされる身にもなれ。供物を受け取ったからには、逃げることもできんのだ」

璃子はしばらく考えてから、ぷっと軽く噴き出した。

つまり、璃子の代わりに朝食を運んできた藤三郎の願いを、伊吹はお供え物のぶんだけ聞いてやったのだろう。迷惑そうにする伊吹を想像したらおかしくなってしまった。

「笑い事ではない。私の給仕は璃子の仕事だ」

ますます伊吹は苛々した口調になる。しかし、ただの甘えん坊で駄々っ子のようだ。

「仕方ないんです。わたしが失敗したせいで、厨房に入れないんです」

(これはたぶん、わたしの心の問題)

正直なところ、なんとなく伊吹と顔を合わせる気になれず、流れで職場放棄してしまったというのもある。

神様が再婚であろうとなかろうと、自分に関係のないことだ。若女将には、自分より古乃のほうがふさわしいと言われれば納得できる。

そう割り切ればいいだけだ――、なのに璃子は、心のつかえがなんなのかはっきりせずに困っている。

「私が、璃子さんにお手伝いを頼みました。申し訳ありません」

ビャクが伊吹に頭を下げる。

「あ、あのっ」

ビャクまで巻き込むつもりはなく、璃子は慌てた。しかし、伊吹は平然としている。

「失敗したからと、あきらめるのか」

真剣な眼差しで、伊吹は璃子を正面から見据えた。

「璃子にとって、その程度の仕事だったということだ」

「そ、それは」

(失敗なんかしたことない人に言われたくない……)

璃子はその思いを飲み込んだ。相手は神様だ。ぐっと耐えてうつむいた。すると。

「森羅万象に耳を澄ませよ」

（えっ……？）

伊吹の声が耳に届いたと同時に、ぶわりと風が起こった。顔を上げたとたん、璃子の視界が一変する。

正面には朱い鳥居、見上げれば木々の緑が覆いかぶさるようにそこにある。ただし、璃子が見ているのは現実ではない。

（これは、結界の中？）

璃子は、光る膜で覆われた球体の中央に立っていた。

やがて、ふわふわと大小の光の玉が降りて、触れようと伸ばした璃子の手の上で弾けた。

『上手に焼けるようになったわね』

目の前で浮遊する光の玉から声がする。璃子はそっと玉の中を覗き込んだ。

映し出されるのは、母親と暮らしていた平屋の一軒家、懐かしい我が家の居間。

棚には牛乳パックの工作が飾られている。壁に貼られているのは、入学式の写真や母親の似顔絵。璃子の思い出が詰まった、雑多であたたかな光景だった。

居間の隣には狭い台所があった。台所の小ぶりな食卓には、小学生だった頃の璃子と母親の姿。はじめて璃子が作った卵焼きを、母親がほおばっているところだ。

母親は「甘くて美味しいね。卵も喜んでる」と微笑んでいた。

きっと母親は、いつものように食材の声に耳を傾けているのだ。

『お母さんには、食べ物の声が聴こえるような気がするんだよね』

だからこそ、大事に食材を扱い、心を込めて料理をする。それは、食材とのコミュニケーション。命をいただく感謝の気持ち。

『わーかわいい』

別の玉から、少女の声が聞こえてきた。今度はそちらを覗いてみる。

オレンジ色の日差しが伸びた、放課後の教室が見えた。

うさぎやくまの形をしたクッキーを、女の子が感心したように眺めている。

彼女は、中学時代の同級生だ。誕生日にプレゼントした手作りクッキーを、ありがとうと笑顔で受け取ってくれた璃子の大事な友人。

(ああ、わたし、嬉しかったんだ)

誰かに喜んでもらえることが、璃子は嬉しかった。璃子にとって料理は日常で、だけど特別だった。

(はじめて一人で、クッキーを焼いたんだっけ)

気づくと、実家の狭い台所に璃子は立っていた。二人用の食卓に卵の入ったパックが二つ。スーパーのタイムセール品だ。

小学校高学年ごろから残業で帰りが遅くなる母親に代わって、璃子が買い物をするようになった。

節約のために、セール品や見切り品を買うこともある。しっかり鮮度を見極めなければ、食材が無駄になることも学んだ。

『いつもそーっと扱ってくれるわ』

『ヒビが入った子から取り出してくれるの』

『かき混ぜるときも、やさしいよ』

容器から、卵たちの会話が聞こえてくる気がする。

璃子も大人になるまでは、母親を真似て食べ物の声に耳を澄ませていたのを思い出した。

(少しのヒビなら大丈夫だから――)

卵の内膜が破れていなければさほど心配はいらない。しかし念の為、ヒビの入った卵は加熱していただく。

オーブントースターからチン、と音がした。庫内では、うさぎやくまの形をしたクッキーが立ち上がり、互いの姿を確認しあっている。

『君は、焼きムラがあるな』

『あなたはまだシロクマよ』

『私はいい具合に日焼けしたから先に出るわね』

扉が開き、ほどよく焼けたうさぎのクッキーが飛び出した。

(なかなか焼き色が均一にならないんだよね)

璃子はくすっと笑う。どうやら璃子の空想世界は、一人で過ごす時間に生まれたようだ。ふだん食パンを焼いているオーブントースターで、時間や位置を変え、工夫をしながらクッキーを焼く。焦げたり形が崩れたりすることもよくあった。

『上手よ、美味しい』

それでも母親は褒めてくれた。

(わたし、また、料理したい)

背後から強風に煽られ、身体を押される。正面の光る膜に衝突しそうになり、庇うように顔の前に手を翳した。そうすると。

「——聞こえたか?」

ゆっくり手を下ろせば、目の前には伊吹がいる。

「璃子さん、大丈夫?」

隣にはビャクがいた。

璃子は元通りフロントに立っている。すんなりと境目に戻って来られたようだ。

(……良かった。きっと、まだ間に合う)

失敗することだけが怖いんじゃない。誰かに否定されて、好きな気持ちがしぼんでしまうのが悲しいのだ。

だけど、強い思いは簡単に消えたりしない。璃子は、料理が好きだ、と改めて思った。

(わたし、まだ頑張れる)

璃子は、伊吹が「耳を澄ませよ」と言ってくれたことに感謝する。

「すみません。わたし、厨房の後片付け手伝ってきます。それから、藤三郎さんに許してもらえるよう、認めてもらえるよう、気持ちを伝えてきます」

伊吹とビャクにぺこりと頭を下げ、璃子はエレベーターへと向かった。

「璃子、待て。一人になるな。ビャク、璃子を頼む。私はこれから陰陽師と打ち合わせだ。って、聞いているのか?」

璃子とビャクは、伊吹の言葉など耳に入っていないかのような態度だった。伊吹は呆気にとられている。

「伊吹様のお申し付けとはいえ、フロントを離れることはできません。昨日より、関係者であってもフロント係である私に面通ししなければ……」

一貫した態度で語るビャクの前を、すっと女性が横切った。

「失礼します」

「はい、どうぞ。……これより先に進めないシステムになっているのです。伊吹様、聞いてます?」

ビャクは語調を強める。

「ほらね、さっそくお客様がいらっしゃったでしょう？　フロント係って忙しいんですよ……って!?」

「オープン前に、なぜ客が？」

ビャクと伊吹は顔を見合わせて、しばしの間、固まった。

「誰？」

「誰だ？」

驚いた二人は目を瞬かせる。

「どうして、私、通してしまったのでしょう……ま、まさか」

またしても、何者かに操られたのかもしれない。ビャクはすぐさま目で追うが。

見知らぬ女性はふわりと髪を揺らし、悠然たる足取りであっという間にフロントを通り過ぎて行った。そして狙いを定めたかのように、エレベーターを待つ璃子の背後に立つ。

（なに……？）

ゆっくりと上体をひねり、後ろを向いた璃子の目が大きく見開かれる。

「麻美さん……」

エレベーターの扉が開くと同時に、璃子の背中を麻美が強く押した。

（ひゃっ！）

エレベーターの中でよろめく璃子から、走り寄ってくる伊吹とビャクが見えた。

「璃子……！」

「伊吹さ……ま」

しかし、無情にも璃子の目前で扉は閉じられるのだった。

（やだー！）

麻美は狼狽える璃子をただじっと見つめている。狭い空間に二人きりという恐怖で、身体の末端からどんどん冷えていく。璃子は全身をさすりながら麻美に問うのだ。

「麻美さん、どうして？」

そんな璃子の問いかけにも無反応。麻美の表情は乏しく、瞳はなにも映していないようだった。

エレベーターの操作盤の〈拾陸〉が点灯する。十六階は和風ダイニングと茶室ラウンジだ。

（嫌な予感がする――、むしろ、嫌な予感しかしない）

「麻美さん！」

勇気を振り絞って璃子は麻美の肩を揺らした。すると思いがけず、指がずぶずぶと麻美の身体に食い込んだ。

「ひゃっ！」

驚いた璃子が飛び退くと、麻美はさらさらと黒い霧へと姿を変え空間に散る。かと思えば、ぎゅっと濃縮して球状となり、璃子へと襲いかかった。

(やめて!)

璃子は霧を散らすように両手を振り回すが、手応えはない。霧の塊は璃子をすり抜け旋回する。

やがて、黒い霧の中に麻美の顔が浮かび上がった。さらに、次々と無数の顔が。

いくつも内定をもらっていた大学の同級生、元カレの優吾、優吾の新しい彼女、派遣会社の課長、社員の宮本——、それらは繰り返し霧の中から浮かび上がっては、消えていく。

「なんなの!」

エレベーターの籠が停止すると、霧はしゅっと紐状になり、するすると扉の隙間を抜けていった。

(助かった?)

はあはあと璃子は呼吸を荒くする。壁にもたれるようにしながら、なんとか立っていた。

ところが。

「ぎゃーーーー!」

恐ろしい叫び声がフロアに響き渡る。続けざまにじゃらじゃらと鈴の音。まだ、なにかが起こっている。

「どこだ、どこだー？」

(吉乃さん？)

吉乃の声が、茶室ラウンジのほうから聞こえてきた。

璃子が恐る恐る通路を進んでいくと、床に倒れ込み苦しむ大女将の姿が目に入った。

「う、うっ」

唸り声をあげる大女将の顔のまわりには、黒い霧がもやもやしながら蠢いている。

『よこせ、簪《かんざし》をよこせ』

黒い霧から、不気味な声が流れ出る。

(簪？)

大女将の手には、銀製の棒状のものがびらびらと下がった、可愛らしい簪が握られていた。すぐそばでは、吉乃が神楽鈴を鳴らしながらうろついている。

「どこだ～？」

ミニスカ巫女服姿の吉乃には、やっぱり黒い霧が視えていないのか、やみくもに祓っているようだった。

「吉乃さん、どうしたんですか？」

「りこさん！　ばーちゃんが突然苦しみはじめて。悪い霊がいるのは感じるんだけど、どこにいるんだ？」

霊の姿や声が、視えないうえに聞こえない吉乃は弱り果てていた。

そのあいだにも黒い霧は大女将を苦しめる。

(た、助けなくちゃ!)

襲われたときの恐怖より衝動が勝った。

「大丈夫ですか?」

璃子は大女将を抱き起こした。どうにかして霧を払おうとするが、実体がないため指の間をすり抜けていくだけだった。

『簪をよこせ』

焦りと恐ろしさで、手の震えを止めることができなかった。それでも、どうにかしたいと必死になる。

「大女将、簪を手放してください」

黒い霧に簪を渡せば助かるかもしれない、璃子はそう考えたが。

「うぅ」

大女将は簪をさらに強く握りしめ首を振った。どうやら渡す気はなさそうだ。

「どうしよう……」

「ばーちゃん、その簪、大事にしてるもんな。死んだ旦那から若い頃にもらったものだからって」

（そんな大事なものを……）

どうして黒い霧は大女将から簪を取り上げようとするのだろう。理由が分からず璃子は混乱した。

「……うっ」

とうとう力尽きたのか、大女将の手から簪がぽろりと床へと落ちた。

するとすぐさま黒い霧は簪を奪い、天井付近まで舞い上がる。さらに、ゆらゆらと蠢きながら形を変えてゆく。

簪を奪ったことで、大女将への関心が薄れたのに璃子は気づいた。そして、次の狙いにも感づいた。

「麻美さん……」

麻美の顔が霧の中から、ぬるり、と押し出された。璃子はそっと大女将を床に寝かせ、その場を離れる決心をする。

黒い霧が思わず気を取られたのは、大女将ではなく簪だ――となると。

（きっと、次の狙いはわたし）

吉乃や大女将から黒い霧の注意を逸らすために、勢いよく通路を駆け出した。

『あなたのせいよ』

案の定、麻美の顔を持つ黒い霧は璃子を追ってきた。全速力で走るがあっという間に背後に迫られる。

(行き止まり!)

璃子は和風ダイニングのガラス張りの壁に行く手を阻まれた。

『消えろ』

迫りくる声に璃子が振り向くと、一直線に光が飛んできた。光は璃子の頬をかすめる。なにかがガラスに衝突しカツンと音を立てた。

(ひっ――)

璃子の頬に一筋の血の跡。足下には鋭い先端を持つ簪が転がっていた。

(こんな尖ったもの、投げないでよぉ)

黒い霧は簪が欲しかったわけではないようだ。もしかすると、璃子を傷つけるために必要だったのかもしれない。

「私、キャラメル嫌い」

ぽつり、と呟きが落ちる。とうとう麻美は全身をあらわした。黒い霧は麻美の頭上でどろどろと渦巻いている。

(キャラメル?)

あれは麻美が疲れた顔をしていたときだ――、キャラメルをひとつ渡したことがあったと璃子は振り返る。

「私、したたかな女が嫌い」

確かそのとき、向かいのデスクに座る社員の宮本が「俺にもちょうだい」と手を出してきた。璃子は何の気なしに、宮本にもキャラメルをひとつ渡した。

（キャラメルがいけなかったの？）

璃子は傷ついてヒリヒリする頬を押さえ「ご、ごめんなさい」と素直に謝る。

「璃子さん、私が教えたことすぐになんでもできるようになったわね」

「は、はい。ありがとうございます」

「あの娘にそっくり。小学校のころ、なんでも私の真似をする子がいたの。髪型も持ち物も私の真似ばかり。私、やめて、って言ったの。そうしたらその子……、先の尖った鉛筆を私の手に……」

麻美が手の甲を見せる。そこには、鉛筆の芯と思われる痛々しい黒い跡が残っていた。

「あなたのせい」

麻美の瞳がかっと開かれ、身体中が恐怖に震える。璃子はぶるぶると頭を振った。

（違う、違う）

璃子には、麻美を追い詰めようという気持ちなど少しもなかった。むしろ、最初はやさしい先輩に親しみさえ感じていたのだ。

『あなたのせい』

麻美の声にいろんな声が重なり野太くなる。霧の動きがどんどん大きくなる。ぐるぐると麻美の身体に巻き付いていく――。

『消えろ』

無数の光が黒い霧の中できらめいた。

「助けて、伊吹様！」

璃子は咄嗟にうずくまり両手で頭を覆った。それでも腕の隙間から、強い光が差し込んでくるのが分かる。もう駄目だ、そう思ったとき――、金属音が耳をつんざいた。

なにかが床に落ちて弾み転がっていく。

「くっ……、まだオープン前だというのに」

璃子が顔を上げると、眉を吊り上げた伊吹が、簪によって傷のついたガラス面を撫でていた。

「伊吹様？」

もう片方の手には美しい刀剣が握られている。璃子の周囲には、刀で薙ぎ払ったと思われる包丁やカッターナイフが散乱していた。

（わたしよりそっち？）

旅館オーナーだけに施設の損害を気にかけるのは尤もだろうが、この状況下ではさすがに璃子としては苦笑するほかない。そこで伊吹と目が合った。

「とりあえず仮払いで願いを聞き届けたぞ」

「仮払い？　あ、ええと……はい。これからは毎日お食事の準備をします」

伊吹に助けてもらうには供物や祝詞が必要だったのを、璃子は思い出した。

煤色の髪がふわりと揺れる。

「璃子……」

伊吹は腰を落とし、璃子の顔に手を添えた。

「怪我をしたのか？」

いきなり眩いほど端整な顔を寄せてくる。伊吹の指先がやさしく頬の傷口に触れたとたん、痛みがすっと消えた。しかし。

「麻美さん、見てるっ」

「わわっ」

耳まで真っ赤にした璃子は、両手で伊吹を押しやった。

ものの見事に伊吹は尻もちをつく。なんと、そのはずみで伊吹の手から離れた刀が床へ落ち、麻美のほうへ滑っていった。

「ああっ！」

「うわっ！」

璃子と伊吹から焦りの声があがる。

『や……、やめろっ！』

麻美が顔を背けた瞬間、刀が伊吹を呼ぶように白い光を放つ。

『くっ』

眩しい光を浴びて黒い霧は散り、麻美は目を瞑った。

その隙に伊吹は、素早く身体を翻して刀の柄《つか》を掴み、ぶんと振り上げた。

「刃《やいば》が苦手と見える」

伊吹は麻美を見据えた。両手で柄を握りしめ、刀を身体の中心で構える。

『こっちに向けないで！』

苦しそうな声だった。

（もしかして、先端恐怖症？）

子供のころ同級生から鉛筆で刺された記憶が、麻美の心の傷となって残っているのかもしれない。まるで自分と同じ目に遭わせたいかのように、麻美は尖ったもので璃子を傷つけようとしている。

（麻美さんが受けた心の傷と同じだけ、わたしを痛めつけようとしているんだ）

藤三郎を倉庫に閉じ込めた犯人も、おそらく麻美に違いない。調理場で武器となるものを調達するために、苦手な刃物の付喪神である藤三郎は邪魔だったのだろう。

しかし、無差別に殺傷しようとしているわけではなさそうだ。麻美は、藤三郎や大女将に刃物を向けはしなかった。

（わたしにだけ、自分と同じ痛みを与えようとするのは、どうして？）

璃子は必死でその答えを探した。

「生魑魅《いきすだま》め」

どんな事情があろうとも、伊吹が構えを緩めることはない。

「いきすだま？」

「生き霊だ。生きている人間の恨みつらみが怨霊となったものだ」

じりっと伊吹は間合いを詰める。

「待ってください。麻美さんは、先輩です」

璃子は伊吹の背中にしがみついた。伊吹が刀で斬りつけたら麻美はどうなるのだろう。

（まさか、死――）

「や、やめ」

けれども、璃子の言葉は届かない。伊吹は「放せ」、と璃子を振り払った。

「宿に璃子を呼んだのは悪霊から守るため。そのような穢れた姿で神の前にあらわれればどうなるか、覚悟はできておるな？」

どこまでも厳かで、それでいて威圧的な声だった。

切っ先が鈍く光る。豪華な装飾がされた鍔《つば》や柄、ギラギラとした刀身から受ける重みを感じさせることなく、伊吹はすっと刀を振りかぶった。

『やめろ！』

麻美が刀を恐れて屈み込む。

「やめて！」

璃子は咄嗟に麻美へと覆い被さった。伊吹は驚いて、ぽかんと口を開ける。

「なっ、璃子、どけっ」

「だって、先輩なんです」

座ったまま伊吹へ向き直り、庇うように両手を広げた。

「それはただの悪霊だ。呪詛返しにより自らも派遣切りにあったことで、璃子を逆恨みして……」

「ううっ」

いきなり背後から、璃子は麻美に首を絞められる。

「ど、どうし……」

『あなたのせい……』

悪霊となった麻美の心に、璃子の思いは届かない。それでも意識が遠のく中、かすかに泣き声のようなものが璃子には聞こえた。

「なっ……」

(泣かないで)

苦しくて声にならない。璃子は麻美の心をやさしく撫でるように、泣かないで、と心の中で呟いた。やがて――。

『よくしてあげたのに、あなたばかりがいい思いをするなんて、許せない』

呻くような恐ろしい声から、普段の麻美の声になる。

(やっぱり)

璃子には、麻美の心が嗚咽しているのが分かった。

『ただそこにいるだけで……上司から気に入られ、異性から好かれて……、あなたみたいに、なりたい……』

「あ、ありがとう、ございます」

息絶え絶えながら璃子は返す。

すると、首にかかった圧が弱まった。璃子は大きく息を吸う。

「わたし、自分に自信がなくて、いつも失敗ばかりだし。だ、だから、友達だって少ない。だけど、今はそんなこと気にしません。食べた人が笑顔になれる、美味しい料理を作りたいだけです。わたしが、やりたいこと、料理です」

『………』

麻美はなにも言わない。だけど心で泣いている。麻美の涙を璃子は感じた。

「璃子、祝詞を」

伊吹が静かに言った。

「で、でも」

「穢《けがれ》を祓うのだ。その者の命を奪うわけではない」

麻美は璃子から手を離すと、沈黙したままおもむろに立ち上がった。

(麻美さん……)

どうか、ウツシヨでは健やかな心で暮らせますように。璃子は粛々と祝詞を捧げる。

「祓え給い清め給え」

璃子の祝詞に、伊吹が柄を握りしめた。

「罪穢《つみけがれ》、消滅せよ」

琴の音のような神声により、麻美の表情がやわらぐ。

伊吹の眩い刀は、黒い霧とともに悪霊をざくりと斬り裂いた。

麻美の身体が散り散りになるのを、璃子は瞳いっぱいの涙を通して見つめる。

『璃子さんのお弁当、おいしそ……』

涙に洇れた麻美の声も、霧とともに消え去った。

璃子が会社に持参した手作りの弁当を見て、麻美が「綺麗な色の卵焼き」と褒めてくれたのを思い出す。

（もっといろんな話をしたかった――）

すっかりぼやけた視界に、璃子は慌ててうつむく。溜まった涙を無言でぬぐった。

他人を羨ましく思うのは、その人の良いところに気づいているからだ。

希望した業種で働いている友人のナッチは、早くから明確な目標を立てていた。

優吾の新しい彼女であるバイト先の後輩は、明るくて気さくな子だった。

麻美は……、派遣初日で緊張していた璃子に、やさしく話しかけてくれた。

いつも受け身な璃子には、麻美の積極さが眩しかった。

（わたしは、そんな麻美さんが羨ましいです）

また会えたら、自分から声をかける、必ず。璃子は心に誓った。

『遅くなりました』

トコヤミの声だった。

『璃子さん！』

ビャクが叫ぶ。

頭上で弾けた光から白と黒のキツネがあらわれる。二匹はふわふわ飛びながら、璃子の側まで降りてくる。

『泣いているんですか？　怖かったんですね』

心配そうにビャクが璃子の顔を覗きこんできた。

『私たち、璃子さんを怖がらせないように、秘密裏に動いておりました。つまり、悪霊からお守りしたかったのです』

『私たちの宿にお呼びすれば、雑事をしながらお守りすることができますから。璃子さんが帰りたいと仰らないよう、ウツシヨの真似事をして契約書まで用意いたしました』

トコヤミも璃子を案じているようだった。

『人間が契約に縛られるというのは本当だったのですね。なんだか、呪術みたい。もちろん、あの契約書はただの紙切れ。ピカピカ光らせた以外は、なんの霊力も使っていません。璃子さんをお宿にとどめるための、ちょっとした作戦です』

相変わらず様子をうかがうように、ビャクは璃子のまわりを浮遊していた。

(あの契約は、わたしを守るため？)

そう言われてみると――現代社会では多くの人が色々な契約に縛られている。何気なく利用している通販サイトでは売買契約を結んでいるはずだし、スマホを買い換えるタイミングだって契約によるところが大きい。

世の中には契約があふれていて、縛られていることさえ忘れてしまいそうになるが、やはり制約は受けているのである。

(だけど、わたしが契約に縛られたのはそんな理由じゃない……逃げ、だった)

璃子がもとの世界に戻れるだろうかと不安になったのも、もとはと言えば自暴自棄になって契約書にサインしたせいだ。神様も、誰も、璃子の自由を奪いはしなかったのに。

(契約書を理由に、現実から目を逸らそうとしただけだ……)

契約によって自分の行動を縛ったのは、他の誰でもない、璃子自身だった。

(わたし、このままでいいのかな?)

皆の思いやりに感謝しながらも、璃子は守られるだけでいいのか悩む。

(ウツシヨでやらなきゃならないことが、あるんじゃない?)

『それから、婚姻を結ぶ契約は、伊吹様たってのご希望で急遽入れさせていただきました。璃子さんを大女将に認めさせるためと仰っていますが、真実は……?』

ビャクはちらりと伊吹を一瞥する。

「璃子、怖かったのか?」

伊吹は刀剣を宙に投げ、待ち受けるように浮遊していた鞘に納刀する。すると刀は霞となって速やかに消えた。

「い、いえ、大丈夫です」

璃子は首を振る。

事態の真相が明らかになればなるほど戸惑いは深まった。

『穢を祓うのだ』

伊吹の言葉が蘇り、胸が痛む。

（わたしも、穢れているのに……神様と結婚なんて）

伊吹は気づいているはずだ。璃子の中に、誰かを羨んだり、そんな自分に嫌気がさしたり、ぐずぐずした気持ちがあることを。

人間であればだいたいそんなものだと割り切れるけれど。

（神様とは、あまりにも違いすぎる）

少々自分本位ではあるものの、伊吹の言葉はいつも自信に満ちあふれ輝いていた。

璃子を明るい場所へと連れて行ってくれる力強さがあった。

（だから、頑張れたんだ）

けれども璃子自身は、伊吹のためになにができただろう。女将の仕事も、まかない作りも中途半端だ。

『そなたの森羅万象に耳を澄ます力を使って、客人の疲れを癒やしてほしい』

（わたしにはそんな力は無いのかも……）

璃子の心はしぼんでいった。自分には守ってもらうだけの価値があるのだろうかと。

なのに伊吹は――。

「泣くでない」

ぽんぽんと璃子の頭を軽く撫でる。ひどく人間味のある照れくさそうな表情をする。

（なに、このリアクション――）

うかつにも、きゅん、としてしまいそうになった自分に璃子は驚く。油断しているとにやけてしまいそうだった。

伊吹のほうもどんどん顔にしまりがなくなっていく。

(神様のくせに！)

これではまるで、先輩と後輩、友達以上恋人未満、両片思い、周囲にはバレバレな――、璃子はらしくない乙女すぎる思考に真っ赤になった。

(ないないない……！)

雇用契約に裏の事情があったとはいえ、結婚は建前、本来の役割は人手不足な旅館の助っ人若女将だったはずだ、と冷静になる。しかし。

『こっちは床入りも待ってやっているのに』

うっかり伊吹の台詞を思い出してしまい、さらにゆでダコになっていく。

(わたしまで仕事とプライベートごっちゃになってるよ～)

璃子は顔を覆った。

まずは伊吹の認識を更新するべきだ。従業員にあんな発言をすれば、訴えられるご時世だと。セクハラ神様だなんて笑えない。

(ああ、先が思いやられる――)

璃子はどっと疲れを感じながらも、心は満たされているのに気付いていた。

『璃子さんは、子供じゃないんですから』

トコヤミが伊吹に向かって呆れたように言う。

『伊吹様、こういうとき女子は、黙って抱きしめられたいものなのです』

ビャクの口ぶりも諭すかのようだった。

「ハグ禁止令が出ておるのでな」

皆の視線を集めながら、伊吹はいかにも不機嫌そうに頭を掻いていた。


たまゆら屋プレオープン初日の午後、作務衣姿の璃子は厨房に立っていた。

旬の根深ねぎはつやつやと輝いて、みずみずしいのがよく分かる。璃子は大胆にねぎをぶつ切りにし、まな板からボウルへと移した。

根深ねぎ、つまり白ねぎは、巻きがしっかりして固めのものが美味しい。

とはいえ、酔っ払った藤三郎がうっかり仕入れすぎたねぎが、倉庫に山積み状態なのには正直まいっている。

在庫を無駄にしないよう、璃子はメニューをひねり出しているところだった。

『お腹すいた～』

「僕もお腹すいた〜」

ランチタイムを終えて一段落したところに、キツネ姿のビャクと座敷童子の千景がさっそくおやつをねだりにきた。

「ええ？　もう？」

璃子は二人の食欲に驚いてしまう。

「こらぁ、璃子！　包丁を持つなどまだ早……って、なんだ、それ」

藤三郎が璃子の手元を覗きこんできた。

「ハンドブレンダーです。便利なんですよ」

璃子はボウルにブレンダーと合体させた蓋をかぶせる。スイッチを押すとブレンダーの刃先が回転し、ボウルの中のねぎはあっという間にみじん切りになっていった。

「ううむ、よき」

藤三郎はブレンダーの切れ味を確かめるように、熱心にスマホで動画撮影するのだ。

「包丁はこれから藤三郎師匠のもとで勉強させてください」

璃子がぺこりと頭を下げる。藤三郎はまんざらでもなさそうだ。

「で、そのねぎは、どうする？」

璃子は、「う〜ん」と、頭の中で『七珍万宝料理帖』を思い浮かべる。

「どこだったかなあ」

パラパラとページをめくっていくと、〝根深汁〟の項目が見つかる。根深汁とは、昨今では仕上げに散らされることの多いねぎを、あえてセンターにした味噌汁なのである。炒めた鶏皮とねぎを出汁に入れひと煮立ちし、味噌をとく。シンプルであるがどこまでも美味しそう、と璃子は唸った。

「でも、味噌汁を作るわけじゃないのよね」

イメージの中で、パタンと『七珍万宝料理帖』を閉じたときだった。璃子の目の前に、もくもくっと煙が立ち上る。煙を追っていくと。

『なんなんだよぉ～、根深汁じゃないのかよぉ～』

ぽんっと、璃子の頭上に子狸が飛び出した。

子狸はなぜか居室にあるはずの『七珍万宝料理帖』を手にしている。

さらに木の葉が一枚、ひらひらと舞った。

「ええっ？」

璃子は見間違いかと数度瞬きする。

「おお、懐かしいな豆蔵」

藤三郎が、ひょいと子狸の襟首を掴んだ。

『鶏皮が食いてえんだよぉ。鶏皮好きなんだよぉ～』

子狸の豆蔵は、わーんと泣く。

「どこに行ったかと思えば、料理帖に封印されてたのか。誰にやられたんだ？」

『知らねえよぉ。いつの間にか本のあいだに挟まってたんだよぉ。この料理帖、変なんだよぉ〜』

「料理帖が？　馬鹿言うんじゃねえよ。おめぇは十年経っても子供だなぁ」

藤三郎につままれたまま泣く豆蔵に、ビャクは冷ややかな視線を向けていた。

『じゅ、十年？　玉響宿の厨房でちょっとつまみ食いしただけで、十年？』

豆蔵は泣きながら目を丸くして驚く。

（つまみ食いしたせいで、封印されたの？）

料理帖を〝あやしの書〟だと言っていたのはトコヤミだった。

（もしかしたら、料理帖が自らの意思で？）

『食い意地が張っている豆蔵らしいですね』

すっかりビャクは呆れているようだ。

豆蔵は一瞬泣き止んで、『ビャク様に言われたくない』と、ぼそりと言ってまた泣いた。

「あ、あのぅ。あいにく鶏皮は切らしてまして、他に食べたいものありますか？」

泣き続ける豆蔵がかわいそうで、璃子はどうにかしてやりたくなる。はじめて会ったはずなのに、井桁柄のちゃんちゃんこを着た子狸に親しみを感じてしまった。

（ぬいぐるみみたいで可愛い……）

豆蔵だけではない、伊吹をはじめビャクや藤三郎たちのことも、いつのまにか信頼しきっている。それはまるで。

(家族と過ごしているみたい——)

半月ほどの宿での日々は、一瞬のようにも悠久のようにも感じられた。

『久しぶりに、にぎり飯が食いたいなぁ』

豆蔵がとろんとした表情で言った。

(にぎり飯、とな?)

璃子はガス炊飯器の蓋を開ける。昼に炊いたごはんはまだ残っていた。

「ねぎ味噌を作る予定だったんだけど……あっ」

待ちきれなくなったのか千景が炊飯器を覗く。璃子は腰をかがめて訊いてみた。

「おにぎり、食べる?」

「うん。僕、おにぎり大好きだよ」

「よし。ちょっと待ってね」

璃子は、味噌・酒・みりん・砂糖・醤油を手早く混ぜ合わせる。

次に、ごま油を熱したフライパンで、ブレンダーでみじん切りにしたねぎを炒めた。ねぎがしんなりしたら混ぜ合わせた調味料を入れ煮詰めていく。

水分を飛ばし、火を止め、最後に鰹節をふりかけ混ぜ込んだ。

（ねぎ味噌は、これでよし）

「おにぎり、にぎるの手伝って？」

「うん！　僕、料理得意だよ」

璃子は千景と一緒に正しい手洗いをする。

「三角でお願いします」

「はーい」

千景は小さな手でごはんを三角ににぎった。それがなかなか形が良い。璃子のおにぎりのほうが、いびつで残念。そうやってなんとか、全部で八個のおにぎりができた。

「では、ねぎ味噌を塗ります」

璃子は、白飯のおにぎりの表面にねぎ味噌を塗る。さらに、半分の四個にはピザ用のチーズをぱらりとかけ、残りの四個には一味唐辛子をふってオーブンへ。

『うまそうだなぁ』

藤三郎につかまれたまま、ちゃんちゃんこの中を泳ぐように豆蔵はじたばたしている。

『チーズがこんがりですよっ』

オーブンを確認してビャクがはしゃいだ。しかし、璃子は落ち着いている。

「オーブンから取り出してください」

「俺か!?」

藤三郎は、ぽい、と豆蔵を投げた。

わー、と叫んで、豆蔵は空中でくるっと回転する。

「ったく、人使いの荒い弟子だぜ」

オーブンを開ける藤三郎の背後で、ビャクと豆蔵は浮遊しながら目を輝かせていた。千景もぴょんぴょん跳ねて、待ち遠しそうに様子をうかがっている。

「僕にも見せてー」

璃子はその間に大葉を丁寧に洗い、キッチンペーパーで水分を拭き取っていた。

(ねぎ味噌に、きっと合うよ)

心の中で大葉に語りかけていると、爽やかで強い香りが鼻腔に届く。

「いいんじゃねえか」

藤三郎にしては珍しく、感心したような笑みを浮かべる。

「ありがとうございます」

璃子は焼きおにぎりに大葉をぺたんと貼り付けて、もう一度オーブンに入れ軽く焼いた。

皆が興味津々の視線を向ける。

「できあがりです。どうぞ召し上がれ」

歓声のような皆の「いただきます」に、ホッとした璃子は笑顔になった。

「うおお、あっち、あっち」

藤三郎は火傷も気にせず焼きおにぎりにかぶりつく。千景はふーふーと息をふきかけて冷ましていた。

豆蔵は少しずつかじりつつ、じっくりと口の中で味わっているようだ。

『香ばしくて甘い食欲をそそる匂い。ひとたび口に含めば濃厚な味噌の風味に、ねぎの刺激とコクがたまりません。それから噛みしめるほどに染み出すごはんの旨み。アクセントの大葉がそれぞれの良さをひとまとめにする、いい仕事をしています』

恍惚とした表情を浮かべた豆蔵がグルメリポートをする。

『一味唐辛子がピリッときいています〜』

ビャクがはふはふしながら言った。

「チーズ大好き！」

髷を揺らして千景も美味しそうに食べている。そして。

焼きおにぎりをほおばる皆の顔を見て、璃子は幸せを味わっていた。

（伊吹様、お腹空いていないかな）

ふと、事務所にこもりっきりの神様が気にかかる。

皆の手が二つ目の焼きおにぎりに伸びる中、慌てて一つを確保する。璃子は焼おにぎりが載った皿を神様のお膳にそっと置いた。

（お届けするとしますか）

そのとき、厨房の扉が豪快に開いた。

「若女将見習いの、りこ、はおりますか？」

調理台に隠れてしまって身体は見えないが、飛び出した紫とピンクの頭頂部に大女将だと分かる。

若女将見習い、と呼ばれたことに驚いた璃子は、あんぐりと口を開けてしまうのだ。

(吉乃さんはどうなったの？)

『んぐっ。わ、若女将の璃子さんはこちらですよぉ』

ビャクは一息に焼きおにぎりを飲み込むと、ふわふわ大女将のもとへ飛んで行く。

「どこだ、見えぬわ！」

調理台からぴょこんと顔を出した大女将と、璃子の目がぱっちりと合った。

「ど、どうも」

「なんですか、その挨拶は」

「すみません！」

大女将に睨まれ璃子は、平身低頭する。

「そんなことでたまゆら屋の若女将が務まるとお思いか。そもそも、まかないは若女将の仕事ではない。まあ良いわ。これから私がじっくり仕込みます。とにかくついてきなさい。お得意様のところへご挨拶に伺います」

「えっ、これから？　ですか？」

「問答無用！」

戸惑う璃子に大女将がガツンと言い放つ。

『璃子さん、あとのことは私に任せて』

ビャクが璃子の耳元で囁いた。

「あ、あの、わたし」

『伊吹様に焼おにぎりを、お届けするんですよね？』

「はい、お願いします」

大女将が「早くなさい」と苛々しはじめ、璃子とビャクはこっそり目配せする。

（おー、こわ）

「ビャクよ、チェックインの時間が近づいているようだが？」

『は、はい。ただいままいります〜』

大女将に翻弄される璃子とビャクを横目に、豆蔵と千景は焼きおにぎりを食べ尽くす。

藤三郎はというと、そっと倉庫に逃れ、ねぎ味噌を肴にさっそく一杯やろうとしたが。

そこへ光の玉が弾け、黒キツネがあらわれた。

『藤三郎さん、勤務中はご法度です』

トコヤミに見つかり、一升瓶を背中に隠しながらバツが悪そうにする藤三郎だった。

落ち着いた若草色の着物と、可愛らしい花柄の帯。若女将らしく衣装替えした璃子は、十五階の通路をしとやかに進んでいる。今シーズンは奇数階が人ならざるもの専用のフロアだ。違う次元で生きる客人同士はめったなことで交わることはないが、念の為フロアは分けられている。

前方には小柄ながら堂々とした歩みの大女将。

通路の先、格子戸の奥には行灯のやわらかな明かり。格子戸を開ければオートロックのドアがある。

大女将は上品に客室のドアをノックした。

「たまゆら屋大女将、ユリでございます」

カチャリ、とロックが解除される。

「これはご丁寧にどうも」

姿を見せたのは、腰まで届く漆黒の長髪を持つ美しい青年だった。紋無し羽織は薄墨色、着物はベージュ色。カジュアルさと品の良さが絶妙なバランスのコーディネートだ。その姿は一見人間のようであるが、おそらくそうではないだろう。璃子は薄々感づいていた。

大女将は「失礼します」と入室する。璃子も続いて客室へ足を踏み入れた。

室内は入ってすぐ畳敷きのリビング、窓ガラスの手前に障子、奥がベッドルームとなっている。暗めの照明と和モダンなインテリアは、妖しと癒やしの空間を演出していた。

そそくさと畳の上に端座し、大女将は両手をついて頭を下げた。それにならって璃子も膝をつき深々とお辞儀する。

「犬神様、おかえりなさいませ。この度は当旅館のプレオープンにようこそおいでくださいました。どうぞ、いつものお姿でおくつろぎください」

すると、犬神と呼ばれた青年は「かたじけない」と言い、頭から耳を、羽織と同じ薄墨色の袴からふさふさとした黒い尻尾を生やした。

「これは、若女将見習いの、りこ、と申します。ほら、りこ、ご挨拶を」

伊吹が用心して真名を明かさなかったため、いまだに「りこ」と大女将は璃子を呼ぶ。

大女将は璃子の耳元に「おかえりなさいませ、と申しあげるのがしきたりです」と小声で言った。

「おかえりなさいませ。りこ、と申します。本日はようこそ……おこし……くださいました……」

犬神を警戒し緊張した璃子の語尾は、消え入るように小さくなっていく。

犬神はにやりとすると、ふわりとしゃがみこみ璃子の顔を覗き込んできた。

「初々しいな。そなた、もしかして伊吹様の？」

眉目秀麗な犬神の顔を間近に、璃子は真っ赤に頬を染めた。

（ち、近いですよね？）

ずるずると膝で後ろへ下がる。

「伊吹様は妻に娶ると申しておりますが、まだ、許してはおりませぬ」

大女将の言葉を受け、犬神はくくっと笑う。

「伊吹様とは先日、浅草《あさくさ》の仲見世《なかみせ》通《どお》りで偶然お会いしました。相変わらず人見知りなお方で、私が代わりに人のふりをして買い物をさせられましたよ」

大女将は、「宿でも引きこもっておられます」、と憮然としていた。

吟味するように犬神はじっくりと璃子を眺める。

「大女将のお眼鏡にかなうと良いな。しかし、伊吹様はどこまでも一途なお人柄のようだ。また、人間がよほどお好きとみえる」

「それが徒《あだ》とならねば良いですが」

大女将の意味深な台詞に、犬神が表情をひきしめた。

「りこ、とやら。伊吹様はやめておき、この犬神の妻にならぬか？」

驚いた璃子は頭を左右にぶんぶんと振った。

からかわれているのだろうと分かっていても、残念ながらすんなりとかわせる大人の余裕はまだ持ち合わせていない。その様子に犬神は笑っていた。

「け、契約中ですので、申し訳ございません」

璃子はもう一度深々と頭を下げた。


プレオープンから数日、璃子は大忙しだった。旅人の出迎え、大女将と挨拶まわり、厨房のサポート、客室の清掃補助。若女将の仕事は表から裏まで尽きることがない。

そのうえ少しでも疲れた顔を見せれば、大女将から「笑顔！」と注意される。

背筋を伸ばしニッと笑う璃子は、今日も作務衣は着ていない。

若女将の制服は着物であるようだ。今日の着物は朱色の付下げで、訪問着にも見劣りしない華やかさがあった。

また、作務衣のときは無造作に結んだだけのヘアスタイルが、着物になると大人っぽい夜会巻きとなる。

「吉乃……、いえ、りこ、お客様にお茶」

ほぼ直角に首を倒して、小柄な大女将は璃子を見上げている。

(吉乃さん、元気かな？)

大女将はよほど吉乃を気に入っていたのだろう。巫女カフェの常連客を放っておけないという吉乃に、バイト掛け持ちも認めていた。

ところが、吉乃はいつしか境目を訪れなくなってしまった。

(あの吉乃さんが、女将修行に音を上げるわけないし)

むしろ二人は気が合っていた。

吉乃が突拍子もない言動をする度に、大女将は呆れながらも「若い頃の私のようだ」と、嬉しそうにしていたのを璃子は知っている。

(心配だけど……)

しかし、すっかり姿を見せなくなった吉乃を気にかける暇もないほどに、璃子の毎日は目まぐるしかった。

さっそくロビーで休む山姥《やまんば》へ、璃子はお茶を出す。美しく結われた白髪、品の良い渋めの着物。山姥は穏やかな表情の高齢の女性だった。

「いらっしゃいませ。どうぞ」

お盆には緑茶の入った湯呑と茶菓子、それから璃子お手製の折り鶴を添えた。

雪から譲り受けた折り紙は、伝統的な千代紙ではなく透け感のあるレース柄だ。璃子は山姥の顔色をうかがう。

「あら。珍しい……とても綺麗ね」

山姥は折り鶴を照明にかざした。レース柄の折り鶴が光を通して神秘的にきらめく。

「良かったらお持ち帰りください」

「ありがとう」

山姥は大事そうに着物の袂へ折り鶴をしまった。

「まぁ、お坊ちゃま、大きくなられましたこと。お父上にそっくりの美男子になられて」

大女将の声に、璃子が振り返ると。

「息子は三歳になりました。大女将もお元気そうで何よりです」

子供を抱いているのは着流し姿の、のっぺらぼう。もちろん子供も、のっぺらぼう。

その隣で優雅に微笑む奥様は、のっぺらぼう、ではなかった。

パッと目を惹く着物美人である。ただし、首が異様に長い。

(ろくろ首だ！)

璃子は一瞬驚くものの、すぐに笑顔になって大女将たちのそばまで行く。

「良かったら、折り鶴どうぞ」

のっぺらぼうの男の子にも、折り鶴を差し出した。男の子は鶴を受け取ると、素早く父親の胸に顔を埋める。

(照れているんだね)

表情は見えないが、恥ずかしそうにしていると璃子は分かった。

「すみません。人見知りで」

ろくろ首の母親は、困ったように首をくねくねしながら優しい笑みを浮かべていた。

不思議なお客様にもすっかり慣れてしまった。たぶん、今までは気づいていなかっただけだ、と璃子は思う。

(ずっと昔から、人も人ならざるものも、そして旅人さえも、同時に存在していた)

ちょうど璃子の目の前を、人間の男性と天狗の家族連れがすれ違うところだった。普通ならば正面衝突のはずが、男性は天狗の身体を自身がすり抜けていったことに気づきもしない。

天狗の子供のほうはじーっと珍しそうに人間を眺めていたが、父親に手を引かれ何事もなく通り過ぎていった。

ウツシヨのたまゆら屋もプレオープンを迎えたようだ。ウツシヨとカクリヨの境界は時間も空間も曖昧である。必ずしも同じ時を刻んではいないし、同じ空間にいても交わることがない。

また、境目からウツシヨを覗き見ることはできても、ウツシヨから境目の人や人ならざるものに気づくことは難しいのである。したがって、ウツシヨの客人が境目で働く璃子に気づくことはない。それでも璃子は、世界が息づいているのを感じられるだけで嬉しかった。

（生きる、という時間の中で、みな同じ）

慣れてしまえば境目はなかなか楽しいと璃子は思う。

おもてなしのプロである大女将は、訪れた客人たちの旅の疲れを癒やすように、心を込めて丁寧な挨拶をして回った。

そして、ここに姿は見せないが、相変わらず伊吹も忙しそうだ。神社の仕事のほうは有給休暇を使い、今は宿にかかりきりではあるらしい。

このところ璃子は、伊吹とまともに会話をする時間もとれずにいた。

（お食事もご一緒できていない――）

ぼんやり考え事をする璃子のもとへ、「申し上げることがあります」と、雪がやってきた。

「どうしたんですか？」

「実は……」

雪はいつも以上に真っ白で思いつめたような顔をしている。

「ビャク様より、璃子さんのお母様を宿にご招待するよう、申し付けられておりました。しかし、残念ながらお迎えすることができませんでした」

「母をプレオープンに招待してくださるつもりだったんですか？　もしかしてわたしへのサプライズ？　うわぁ、ありがとうございます。でも普通の人間を境目に呼ぶのって、伊吹様でも大仕事なんじゃないですか？　わたしのことは気にしないでください。母にはいつでも会えますから」

雪の気持ちを少しでも楽にしようと、璃子は明るく振る舞う。それに、母親に事情があるのもよく分かっていた。

『新しい仕事、決まって良かったね。おめでとう！』

先々週、たまゆら屋に就職したと電話で伝えたとき、母親はとても喜んでいた。

『すぐにでもお祝いしてあげたいところだけど、もう少し待って』

仕事や家事できっと忙しいのだろう。

『きっといつか、お母さん、璃子に会いに東京へ行くから』

無理しなくていいよ、と璃子のほうが気を遣ってしまった。

「璃子さん、落ち着いて聞いてください。璃子さんのお母様は入院されています。手術を控えていらっしゃるそうです」

「え……………」

思いがけない知らせに璃子は茫然としてしまった。

（そんな話、知らない）

電話口の母親は元気だったはずだ——、しかし璃子はすぐに真意に気づいた。

（元気なふりをしてた？）

璃子が母親に心配をかけまいとしていたように、母親も璃子を不安にさせたくなかったのだろう。

（家族なのに……）

父親はすでに亡くなり、心から家族と呼べる人はもう母親しかいない。璃子はひどく頼りない気持ちになった。

「璃子さん、お母様のお見舞いに行かれてはいかがですか？　良かったら、これを」

白地に銀の桜が舞う金襴生地の袋が美しい、『病気平癒』の御守を手渡された。

「もしかして、雪さんが？」

「はい。神社の御守作りを手伝っております」

雪の口調は淡々としていたが、間違いなく思いやりがあった。そこへつかつかと大女将がやってくる。

「ウツシヨに帰るのは良いが、境目はいつも曖昧で、宿への道を見失うこともある。覚悟をしておきなさい」

「見失う？」

（たまゆら屋に戻れないということ？）

「一期一会だからね。宿への道は、人生と同じ」

大女将の言葉に璃子はさらに困惑する。

「戻らない吉乃は、見失ったのかもしれないね。ということは、あちらでそれなりに暮らしているんだろう。来る者は拒まず去る者は追わず、それが境目に暮らす者たちの暗黙のルールだよ……」

どこか寂しげに大女将は言うのだ。

「……人生と同じ」

(会いたい人に、二度と会えないこともある)

それを知っているだけに、璃子も寂しくなってしまった。

✿

甘じょっぱい匂いが厨房に立ち込める。コンロにはひとり用の鉄鍋がふたつ並んでいた。プレオープンから一週間、今日のディナーは特別だ。

ごま油を引いた鉄鍋で手羽先とねぎに焼き目をつける。そこへ出汁と醤油、さらにみりんと酒を入れて煮立てた。

(鴨にねぎを背負ってほしいところだけど)

「鴨鍋、ならぬ、鴨鍋風」

『七珍万宝料理帖』によると、江戸時代に薬以外で獣の肉を食する習慣はなかったが、鳥と魚だけは特別だったようだ。

そして鳥は、鶏ではなく、野鳥が主流だった。

江戸時代のジビエ料理に興味津々になるが。

それでも璃子は、現代のメジャーな鳥肉である鶏、あえて手羽先を今日は選んだ。

『おいおい、鴨ねぎの意味、分かってんの？』

木の葉を頭に載せた豆蔵が、ぼわんと煙の中からあらわれる。

「もちろん。鴨がねぎを背負ってくるくらい、好都合だって意味ですよね。鴨鍋にもってこいの組み合わせだから」

璃子はちょっと得意げになった。

『それもあるけどさ。冬に渡り鳥として飛んでくる鴨と冬に旬を迎えるねぎが、料理において最高に相性がいい組み合わせって理由もあるんだよね』

「ふむふむ」

『それをどーして手羽先にしちゃうんだよぉ』

豆蔵が泣きそうな顔をする。

「こちらの組み合わせもなかなかなんですよ。コラーゲンとビタミンC」

手羽先はコラーゲンを豊富に含んでいる。また、白ねぎに含まれるビタミンCはコラーゲンを体内で合成するのに役立つとされる。

「美肌効果です。冬は特に乾燥しますし、身体の中からキレイになりたいですから」

璃子は湯気で桃色に染まった頬に手を添える。しかし、豆蔵も負けていない。

『鴨は女性に嬉しい鉄分が豊富なんだぞ』

「さすが、料理帖に封印されていただけあって詳しいですね。わたしも『七珍万宝料理帖』で学びました。江戸時代の素材の良さを生かしたシンプルなレシピは、余計な手を加えずともそれだけで美味しいんだなあって」

江戸料理を知れば知るほど、璃子の中に感謝の気持ちが強まっていった。

全ての料理人に、レシピを繋げてくれた人や人ならざるものに、敬意を払う。

(美味しいは、一日にして成らず)

しかし璃子は、申し訳なさそうに付け加える。

「実は、鴨鍋、食べたことないんです」

また大女将から叱られそうだ、と肩を竦めた。

鴨鍋風は、冷蔵庫にある食材と頭の中にある『七珍万宝料理帖』から導き出したレシピだった。

『しかし、こっちも美味そうだなぁ』

豆蔵は鉄鍋をうかがってうっとりしている。

「だ、駄目ですよ。豆蔵さんたちには藤三郎さんのまかないがありますから」

『なんだよぉ』

「これは、神様のお膳、です」

璃子はそう言って、にっこりと笑った。


伊吹の大広間にふたつの膳が並べられた。朱色の高膳には鉄鍋、それから、とんすいとれんげ。ぷうんと出汁の良い香り。

「珍しいな。鍋か」

「小鍋立て、です」

璃子は『七珍万宝料理帖』の挿絵を思い出す。そこには火鉢の上に小さな鉄鍋を載せ、女性が一人で食事をする様子が描かれていた。

江戸時代は一人鍋もしくは二人鍋、『小鍋立て』が主流だった。

すると伊吹は意味ありげな笑みを浮かべる。

「ふふん。もとから我らは鍋をつつきあうことはせぬぞ」

「神様は大勢で鍋料理を召し上がらないんですか？」

「周囲が私に気を遣うからな……鍋奉行の犬神もめんどうだし……まぁ、一人鍋のほうが気楽だ」

思いやりがあって人見知りの神様らしい、と璃子は思う。

「わたしもだいたいソロ活動です」

買い物も食事も一人だ。わいわい鍋をつつくなんて機会もめったにない。だから自分には『ソロ鍋』がちょうどいい、そう思っていたけれど。

「病気の母親に会いに帰ろうと思っています。母親が元気になるよう、料理を作ってあげたいんです」

璃子は自分の心に耳を澄ます。

(お父さんのときのように、後悔したくない)

璃子に料理の楽しさを教えてくれたのは母親だ。母親のために料理をしたい。料理で感謝を伝えたい。そして、元気になってほしい。この気持ちを、ちゃんと会って伝えたいと思った。

(会いたい人に、いつでも会えるとは限らない……)

伊吹やたまゆら屋の仲間と別れるのは辛い。もしかしたら、もう二度と会えないのかもしれない。だからこそ、いっぱい考えて……。

今やりたいことを諦めず、精一杯生きようと璃子は決めた。もう二度と、大事なものを見失いたくない。

(神様はお許しくださるかな……?)

伊吹は難しい顔をして黙り込んでいた。

「あの、お休み、いただけますか？」

一般的に有給休暇は半年後から付与されるはずだ、などと常識を持ち込んでもしょうがない気がする。璃子は伊吹の出方を待った。

「そうか」

伊吹はそれだけ言うと、やわらかくなった手羽先の身をつるんと食べた。璃子も手羽先とねぎをとんすいにとりわける。そこから二人は無言になった。

（あったかくて、美味しい）

〝美味しい〟は、人を無口にするのだろうか。璃子はちらりと伊吹をうかがう。それだけじゃない。きっと安心しているときは、無駄に言葉はいらないのだ。

しばらくして伊吹が懐紙で口を押さえたのを見計らい、璃子は声をかける。

「〆のお蕎麦、いかがですか？」

「いただこう」

襖を開ければ、隣の部屋に卓上コンロが準備してある。残った鍋を温めなおし、蕎麦を入れて軽く煮立てた。

ねぎと手羽先の旨みがじゅうぶんに溶け出した出汁でいただく、〝手羽南蛮〟の出来上がりだ。

「どうぞ召し上がってください」

伊吹の膳に熱々の鍋を運ぶ。

(わたしの知っている食材で、わたし好みの味付けで、背伸びしないごはん)

それが伊吹にとって違和感のない美味しい食事になれば、なお嬉しい。

伊吹はとんすいに蕎麦をとりわけ一口すすると満足そうに言った。

「美味い」

神様の賛辞が春の風となり、璃子の心に新芽を伸ばす。

「わたし、必ず戻ります。たまゆら屋を見失ったりしません」

「生きる理由を見つけたか」

伊吹は手元から顔を上げ、璃子に微笑みかけた。

「生きる理由?」

「神社で探していたものだ」

璃子はハッとする。探しまわって、迷って、迷って、眠れないほど悩んだ日々を思い出したからだ。

「璃子が、悪霊に狙われさえせねば、生きる理由を見失わねば、そっと見守り続けても良かったが」

伊吹から吹く風は、春から夏へと匂いを変える。

(わたし、見失っていたんだ——)

新芽はぐんぐん育ち、青々とした緑となる。璃子は心に薫風を感じた。

目を閉じると、伊吹と出会ったときの不思議な景色の中へ、記憶が巻き戻されていくようだった。

朱い鳥居をくぐれば、天から清らかな声が降ってくる。

眩しい、と璃子は思う。世界は光に包まれキラキラと輝いていた。

肩に、腕に、光の玉が触れては弾ける。泣きたくなるほど美しい情景だった。


〈汝、何を探しておる?〉


風の中からあらわれたのは、仏頂面の美しい青年だ。首の辺りで切り揃えられた髪は、珍しい煤色をしていた。

伊吹と出会ったあの日、なんのために働くのか、なんのために生きるのか、璃子は迷いの中にいた。

「わたし、生きる理由を見失っていたんですね……」

「私には、はっきりと見えていた。璃子の中には生きる力がじゅうぶんに備わっている。しかしいつの世も、人間というものは惑う。生きることを急ぎ、大切なものを忘れ、失くしてしまう。だからといってあきらめはしない。また生きなおすために、失ったものを取り戻すべく努力もできる。そなたらは、生きる智恵《ちえ》だな」

身体の中心がほんわかとあたたかくなるのを璃子は感じた。

「どうして、わたしを……」

またしても愚問だったと璃子は気づく。そっと目を閉じれば、見たいものがすぐに見えた。

（ああ、あれは……）

雪の舞う中、ビルの屋上にある小さな社殿の前で手を繋ぐ親子。それは、幼い日の璃子と、生前の父親だった。

黒と白のキツネを従えた伊吹が、親子の姿を上から覗きこむようにして見ている。いつもの、少しだけ不機嫌そうな表情だ。

（あのときも……）

紺碧の海を見下ろす神社で、父親は帰らないと聞かされた小学校の夏休み。待ち遠しかった気持ちが、とたんにしおれたあの日。

ぽろぽろと涙を流す璃子を、伊吹はやっぱり、少し離れた場所からそっと見ていた。

（それから……）

急激に記憶は長い時間を遡る。

神社の境内をゆっくりと進む群衆が見えた。先頭には巫女が、その後ろに朱色の野点傘《のだてがさ》が揺れる。

そして、一際目を引く白無垢の花嫁御寮。

目の前を行くのが花嫁行列だと璃子は気づく。

「えっ……………」

綿帽子からちらりと見えた横顔に息を呑んだ。

（わたし？）

しかも、朱傘を手にする紋付袴姿の伊吹が並んでいる。

なぜ、という問いとともに、その光景はあっという間に桜吹雪によって消し去られてしまった。

はるか遠く、ぐんと深く、さらに記憶の澱みへと引き込まれる。いつしか、璃子の視界は真っ白になった。

やがて耳にざわざわとしたせわしない音が流れ込む。

（一体、どこ？）

目を凝らすと、橋を行き交う旅人や行商人が見えた。川沿いの蔵や舟の屋根には雪が積もっている。

『冷えぬか？』

懐かしい声がする。

『当代では、なんと呼べばよい？』

璃子の顔を覗き込むのは、伊吹だ。煤色の髪はすっぽりと手ぬぐいに包まれている。それでも姿かたちは変わらず、目を見張るほど端整で美しかった。

どうして、璃子、と呼ばれないのだろう？

（わたしは、璃子、じゃないのかな？）

ずっと昔、璃子は璃子ではなかったのかもしれない。さらにその昔、璃子は人間であったのかさえ自信がない――たとえば、何度も生まれ変わっているとしたら、自分がなにものであるかも分からなかった。

「どうして……？」

どうして、悲しげな目をしているのだろう。璃子は答えを知りたくて手を伸ばす。しかし、届かない。隣にいるはずの伊吹に触れることなく指先は空を切った。逃れるかのように、記憶は遠ざかっていく。

（嫌だ――）

璃子は、嫌だ、忘れたくない、と強く願った。たまゆら屋での日々を忘れたくない。

（わたしの記憶を遠くにやらないで）

「忘れたくない……！」

強く願って目を開けると、そこはまだ伊吹の居室だった。

「ウツシヨへ帰るがよい」

静かに伊吹が言う。その手には一枚の紙切れ。璃子の署名が入った雇用契約書は、青い炎となり、しゅっと消えた。

「この部屋を出ればすべて忘れる。なにも心配せずともよい。忘れるとは、未来へ進むために神が人に与えた、果報である」

伊吹が言うように、たまゆら屋での日々を忘れてしまえば、すんなりと元の生活に戻れるのかもしれない。それでも。

「い、嫌です。忘れません。だ、だいたい……」

璃子は声を震わせながら、伊吹の目を真っ直ぐに見据えた。

「伊吹様はわたしが忘れても、平気なんですか？　さ、寂しくないですか？」

とんでもない質問をしていると、璃子にも自覚はあった。まるで、「寂しい」、そう言ってほしいと甘えているようだ。手のひらに汗を感じた。

（さすがに恥ずかしい……）

しかし、伊吹は凛としていた。

「一人でも、満ち足りていれば寂しくはない。いずれまた会えると知っているからだ。たとえばそれが数百年の先だとしても、誰かを思って生きるその時間は、満ち足りていて幸せだからな」

璃子は押し迫る感情を必死で耐えた。これ以上みっともない自分でいたくない。なのに。

「で、でも、わたし、忘れてしまうかもしれないんですよ？　忘れたくないのに、忘れるなんて、納得いかないっていうか」

「忘れてもまた思い出せばいい」

伊吹は静かに立ち上がる。つつっと璃子のそばまでやってくると、袂から木箱を取り出した。

「目印をさずけよう」

木箱の蓋が開くと、桜の花が可愛らしいつまみ細工の髪飾りがあった。

「わ、わたしに？」

自分には可愛すぎる、だけどもし自分への贈り物だとしたら、幸せすぎて死ぬ、と璃子は思う。

「浅草の仲見世には顔なじみが多いのでな。手ぶらで帰るのも……」

「あ、犬神様？」

伊吹は、しまった、という顔になる。

『伊吹様とは先日、浅草の仲見世通りで偶然お会いしました。相変わらず人見知りなお方で、私が代わりに人のふりをして買い物をさせられましたよ』

（犬神様が仰っていたのは、このことだったんだ）

犬神を頼ってまで、自分のために髪飾りを買ってくれた。璃子は、嬉しさと恥ずかしさで真っ赤になった。

伊吹のほうも、「だ、だから、目印だ」、と照れくさそうだ。

「ありがとうございます。すごく、嬉しい、です」

璃子は木箱を受け取り、大切に胸の中で抱えた。

(これで、じゅうぶんだ)

思い出は、じゅうぶん満ち足りている。璃子は深く息を吸い込む。

(きっと寂しくない)

この瞬間に、幸せを心ゆくまで味わいつくそうとしているかのように。

「さあ、璃子」

襖の引手に手を添えて伊吹は待っていた。いよいよ別れのときが近づいている。

(この部屋を出たら、すべて消える——)

璃子はそっと襖の前に立つ。

「璃子、最後に」

伊吹が手のひらを上に向けた。

「まさか、お賽銭ですか？」

髪飾り代を請求された思った璃子は、帯に手を差し込むが、スマホしか入っていなかった。

「違う」

伊吹は璃子の手を引っ張り出すと、ただぎゅっと握ってきた。

「わっ」

驚きつつも、璃子がその手を振り払うことはない。そして、やっぱり照れているのか伊吹は必死で言い訳をする。

「これは、璃子の実体に触れているのではないぞ。魂に触れているのだ。だからハラスメントでは決して」

「分かっています」

(これって、心が通じ合ったってことかな……)

伊吹は、ふっと、目を細めた。

「これに懲りたら、軽々しく契約を交わすでない。それから、むやみやたらに真名を明かすのは控えるよう」

「はい」

タイミングを見計らったように、頭上で光の玉が弾けた。

キツネ姿のビャクとトコヤミがあらわれる。伊吹は慌てて璃子から手を離した。

『璃子さん、寂しいです。せっかくお友達になれたのに』

ビャクが悲しそうな顔をする。

「また、戻ってきます」

璃子はビャクの背を撫でた。

『璃子さん、どうぞお気をつけて』

どんなときも冷静なトコヤミだった。

「はい。トコヤミさんもお元気で」

璃子は襖を開け、廊下に向かって一歩踏み出した。伊吹の視線を感じながら、さらに一歩。すると、背後から風の吹く音がする。

(これで、いいよね——?)

再び自分の心に耳を澄ます。すると、璃子、と呼びかける伊吹の声がした。

風はどんどん強くなる。

「いつの世でも、素のままで接してくれる璃子が……」

まとめ髪がほどけ、風にあおられ舞い上がる。

「伊吹様……!」

(忘れたくない……!)

璃子は振り返り、伊吹の名を呼んだ。着物の袖を風になびかせながら、見たことのない切なげな表情で、伊吹は璃子を見つめている。

思い出だけではやはり足りない。一緒に食事をし、笑いあい、もっと語り合うことをしなければ——、もっとそうしていたいと心から願った。

(神様だけど、それだけじゃない)

遠い昔も同じことを思ったような気がした。

記憶の中の璃子は、丸髷に縦縞の着物を着崩している。斜めの帯は当時の流行りだろうか。

『出汁がしょっぱいな』

『そうでしょうか?』

璃子が頬を膨らませると伊吹は眉を顰める。

『……美味い』

『嘘ばっかり』

些細なことで言い合いをし、怒ったり叱られたりしながら、それでも寄り添って生きていたような気がする。

花見に出かけると、墨堤の桜は満開だった。

花びらが璃子の前髪や髷に舞い落ちて、髪飾りのようになる。

『桜の花がよく似合う』

春空の下、照れくさそうに笑う伊吹の隣にいるだけで璃子は幸せだった。

このままずっと一緒に――、たったそれだけのことを昔も願った気がする。

（ああ、でも、あのときも）

たぶん願いは、届かなかった――。

すでに伊吹の姿は見えない。光と闇があるだけだ。強い風にばさばさと髪が揺れている。

璃子は必死で顔にかかった髪を払う。やがて風はぴたりと止み、境目の扉が閉じられた。


（ここは、どこ？）

目の前には片開きのスチールドア、その横には『よろづリゾートたまゆら屋面接会場』の案内板がある。

（どこなの？）

見上げると、照明が二、三度点滅した。窓から外を見ればビルが迫っている。向かいのビルの窓に映るのはやはり無機質なビルだった。

ここがどこかのビルのフロアであると、周囲を見渡して璃子はようやく理解した。

そしてもう一度、案内板を見る。

（そうだ、面接だった……）

「本日はありがとうございました。結果については後日、メールにてご連絡させていただきます」

いつの間にか、メタルフレームのメガネをかけたパンツスーツの女性が右隣に立っている。愛想の良い笑顔に見覚えがあるような気がしたが、どうしても思い出せなかった。

会議室のドアが開き、色白の美女が顔を覗かせた。どことなく冷たそうな表情の女性に、背筋がひんやりとする。

「桜さん、ちょっといいですか？」

色白の美女は、メガネの女性を呼んだ。

（桜……、綺麗な名前）

どこかはっきりしない頭で記憶を探る。

駅から面接会場へ向かったこと。

自分の順番が来るまでドキドキしながら待っていたこと。

優しそうなメガネの女性——桜に名前を呼ばれたこと。

次々と色んな場面が浮かんだ。

ここは東京駅の八重洲《やえす》側にあるオフィスビル——よろづリゾートたまゆら屋はまだ工事中で、面接会場に指定されたのはホテルとは別の場所だった。

面接ではたどたどしい受け答えになってしまい、ひどく焦った気がする。

「それでは、失礼いたします」

メガネの女性は璃子に頭を下げ、会議室へと消えてしまった。

(結果は後日、か)

それから璃子はエレベーターへ乗り込み、一階のボタンを押す。

まだ少しぼんやりしていたせいか、エレベーターを降りたところで人とぶつかってしまった。

ばさりと足下に冊子が落ちてくる。

「すみません……！」

璃子が拾い上げた冊子には『よろづリゾートたまゆら屋』の文字が。たった今、面接を受けてきたホテルのパンフレットだ。

「こちらこそ失礼いたしました」

切れ長の目元をした黒っぽいスーツを着た男性は、やわらかな笑みを浮かべている。ホテル関係者と思われるが、長身でスタイルも良く、まるでショーモデルのようだった。

(かなりのイケメンだ……)

「ありがとうございます」

パンフレットを受け取ると、男性はさっそく立ち去ろうとするが。

「あ、あの……」

璃子は咄嗟に声をかけてしまった。

「面接の学生さんですか？　なにか？」

男性は変わらずにこやかだ。

「はい、い、いえ、学生ではありません。え、ええと」

（なにを、訊こうとしたんだろう？）

ところが、なにも思い浮かばない。面接時のような緊張感が走った。

「なんでもありません」

結局璃子は、言葉を継げずにうつむいた。

（ああ、またた）

今日だけではない。これまで何度も面接官の前で身体を硬くしてしまい、自分を出せずに悔しい思いをしてきた。璃子は、きゅっと唇を噛む。

「では、これで」

何事もなかったように男性はエレベーターへ乗り込んだ。

（……あ）

「お客様は人間だけですか!?」

璃子の叫び声が、誰もいないホールに響く。すると、閉じかけたドアがまた開いた。

「人間、だけです」

男性はくすくすと笑っている。

(失敗した!)

璃子は真っ赤になるが。

「面白い質問をありがとうございました。またお会いできるのを楽しみにしております。楠木璃子さん」

ドアは閉じられ、男性の姿は視界から消えた。

璃子は、はあ、と大きなため息をつく。

(あれ、名前?)

男性に名前を呼ばれた気がしたが、勘違いかもしれない。璃子は気を取り直して黒のビジネスバッグを肩にかけ直す。

自動ドアを抜けたところで、ちらりと後ろを振り返った。ガラスのドアに、リクルートスーツを着た自分の横顔が映し出される。

斜めの前髪、ポニーテールは安定の低め位置。

(うまくいきますように)

エントランスのタイルを元気よく蹴り出すパンプス。

ビルの前は「さくら通《どお》り」だ。葉が落ちて裸木となった桜の木には電球が巻かれていた。日が落ちればイルミネーションで彩られ、ロマンチックになるだろう。

そこでスマホの着信音に気づき、璃子はバッグを探った。

プチプラコスメが詰まったポーチ、いっこうに御朱印が増えない御朱印帳、なぜか病気平癒の御守、さらに。

見慣れない木箱に気づいたが、スルーしてスマホを取り出した。届いていたのは故郷の母親からのメッセージだった。

何かあったのだろうかと気にかかるけれど。

(返信はアパートに戻ってからにしよう)

交差点まで歩けばすぐに東京駅八重洲口だ。赤信号で立ち止まり百貨店の入った高層ビルを見上げる。

(なんだろう……)

なにかとても大事なことを忘れているような気がして、璃子はほんの少し切ない気持ちになった。

✿

ナッチ『久しぶり！　元気？』

りこ『元気だよ！　ナッチは？』

ナッチ『パワハラで会社やめました　グスン』
りこ『実はわたしもまだフリーター』
ナッチ『マジか笑』
りこ『マジだ笑　やっと契約社員の内定もらったとこ』
ナッチ『おめでとう！　今度飲みに行こう♡』
りこ『ありがとう！　飲みに行こう♡』

面接を終えて一週間後には、『よろづリゾートたまゆら屋』から契約社員内定の通知が届いた。

もちろん、バイトや契約社員など非正規雇用で生きていくのは頼りなくもある。それでもとりあえずスタートは切れた。璃子の中に小さな自信が芽生えていた。

誰もが同じ道を辿ってゴールに着くのではない。

似た道だったとしても、景色はまったく違って見えるかもしれない。

それはそれで楽しそうだ。璃子は自分らしく行こうと思う。

（がんばって正社員を目指そう）

春の開業に向け研修もはじまるようだが、ずいぶんスケジュールには余裕がある。

「またバイト入れても大丈夫かな」

壁際にあるベッドに腰掛け、通帳の残高に璃子はにんまりした。先月と先々月ぶん、バイト代がまとめて入金されていたからだ。

(家賃と交通費はこれでなんとかなりそう)

学生時代から暮らすアパートの部屋は、璃子にしては珍しく綺麗に片付いている。

燃えるゴミは集め終わり、ガスの元栓もしっかり締めた。ベッドの脇には着替えを詰めたボストンバッグ。

「あとは……」

ふと、机の上の木箱に目が留まるが、即座に視線は隣の御守に移った。璃子は「忘れるところだった」とつぶやきボストンバッグの外ポケットに御守をしまう。

それから、ぐるりと部屋を見渡した。

新しい勤務先からは遠いけれど当面はこの1Kにお世話になるのだろう。まとまった蓄えもない今、引っ越しするわけにもいかない。

「戸締まりと……」

年末年始、璃子は久しぶりに帰省する。病気療養中の母親に会いに帰るのだ。

東京駅から広島《ひろしま》駅まで新幹線『のぞみ』、広島駅から新下関《しんしものせき》駅へ新幹線『さくら』を利用する。

「さくら……、あ」

再び木箱に目をやる。蓋を開けようとしたが、そこで手は止まった。

「あ、そうだ。お土産なんにしよ」

和菓子がいいかな、と璃子は考える。

お酒を呑まない義理の父親は、甘いものが好きらしい。難しい年頃の弟のぶんは、事前にリサーチが必要かもしれない。

(うぅ、お土産代……、やっぱりバイト探そう)

スマホを手に取り求人アプリを開こうとしたところ、母親からメッセージが届いているのに気づいた。

『璃子の卵焼き、食べたいな』

璃子の帰省を楽しみにしていると分かる嬉しい一文を、ついつい何度も見返してしまうのだった。

伍　千歳の髪飾り

お品書き

ハレの膳

●雑煮椀
ほめられ菜鶏《なとり》雑煮

●御茶
ハーブお屠蘇《とそ》ティー

●菓子
まめまめプリン

麒麟の像が見守る石造りの橋を渡れば、威風堂々たる日本橋三越本店《にほんばしみつこし》が目に入る。

国の重要文化財に指定された、ルネサンス様式の歴史的建造物だ。

吹き抜けの中央ホールの、きらびやかなステンドグラスの天井や、美しい『天女（まごころ）像』の迫力には圧倒されてしまう。

正面玄関で出迎える三越のシンボル、ライオン像も立派である。

同じく、重要文化財の日本銀行《にっぽんぎんこう》本店や三井《みつい》本館など、近代建築を堪能できるのが東京・日本橋。

また、最新の商業施設も次々とオープンし、さらに活気づいていた。

日本でありながら異国を思わせる石畳を、花柄の鼻緒が可愛い草履が行く。青みがかったピンクの牡丹色を基調とした、艶やかな着物の袖が揺れている。

一月二日、璃子は晴れ着姿で初詣にやってきた。お目当ての、ビルの谷間にある小さな神社は、境内から参詣者があふれんばかりだ。

「神様、ご挨拶が遅れてごめんなさい」

小声で言って、行列の最後尾に並ぶ。

（こちらでお参りしたあと内定いただきました――）

母曰く、御礼参りは年内に行くのがしきたりらしい。そこで璃子は、早々に東京に戻るやいなや初詣にやってきた。さらに。

璃子なりのせいいっぱいの礼儀として、母親から譲り受けた振り袖を持ち出し、スマホの動画を観ながら自分で着付けもした。

振り袖の帯を結ぶのはさすがに難しいが、作り帯で乗り切った。

それなりではあるが、なんとか着られたことにホッとする。

ただし、見る人が見れば着方がおかしいとすぐにバレるだろう。

それでも、久しぶりに着た着物は身体に不思議と馴染んでいた。なにより。

黒っぽい上着が多い人だかりの中では、璃子の姿はひときわ華やかだった。

『まあ、可愛らしい』

頭の上から女性の声が聞こえた気がして、璃子は空を見上げる。

目に入ったのは、せっかくの晴れ着に似合わない鼠色の曇り空。

「あらまあ、素敵。〝四十八茶百鼠《しじゅうはっちゃひゃくねずみ》〟ね～」

璃子の前列に並ぶ婦人は、しきりに隣の紳士の着物を褒めていた。

(ねずみが八百匹？)

鼠の大群をイメージした璃子は、背筋をぞわりとさせる。

『四十八茶百鼠だ！』

そこへもう一度、同じ言葉が耳に届いた。しかも、今度は男性の声で。

(しじゅうはっちゃひゃくねずみ？)

着物の二人連れをこっそり眺める。

「粋でいなせだろ?」

アッシュブラウンの羽織と着物がおしゃれな紳士は、たいへんご機嫌だった。

ねずみがどうにも気になった璃子は、こっそりスマホで検索する。

(四十八茶百鼠ね)

奢侈禁止令《しゃしきんしれい》が発令された江戸時代、庶民の着物の色は地味めに限定されていたらしい。

そこで〝四十八茶百鼠〟、灰色や茶色のカラーバリエーションで、人々はお洒落を楽しんだようだ。ちなみに〝四十八〟とは、多色を意味する。

江戸鼠だろうか、藍鼠だろうか、璃子は空の色を再び確かめてみた。すると、鼠色の曇り空が、なんとなく粋に思えてくる。

列が手水舎の前に来たところで、両手と口を清める。いよいよ神様に新年のご挨拶だ。

璃子はお賽銭を入れ、がらんがらんと、大きな鈴を鳴らす。

二拝二拍手一拝。

作法をすべて済ませると、行列が長いのを気遣い、列を離れて再度拝んだ。

(少し長いお願いごとになりそうです)

まず、そう前置きした。

(遅くなりましたが、お礼参りに来ました。昨年、神様にお願いしたあと、四月に開業するホテルから内定通知が来ました。ありがとうございます。それから、これは別件ですが、母親の手術も成功しました。しかし、ここからが問題です）

璃子はふう、と軽くため息を吐く。

（お金が、ありません……！）

普通預金の口座はお金が素通りしていくだけで残高は相変わらず。ホテルに就職するまでの数ヶ月をなんとか食い繋ごうとバイトを探しているところだ。

帰省したときに、そんな日常の話題をしてしまったのがいけなかった。

母親は不憫に思ったのだろう、「困ったら、これを使って」と通帳を差し出した。それは璃子のための積立預金だった。

（わたしがお嫁にいくときのために、貯めてくれていたみたいで）

そうは言っても、彼氏すらいない状況だ。母親だって、あるのかないのか分からない結婚より娘の現状が心配だったのだろう。

（だからって、そうそう使うわけにもいきませんよね？）

母親が働いて貯めたお金を、まだ病気療養中の母親の思いやりを、璃子が遊び暮らして使うわけにはいかない。

（そんなわけで、いいバイトが見つかりますように）

『なるほど。今度はバイトを探しておるのか』

耳元に囁かれたような気がして、璃子は辺りを見回す。

しかし、それらしい人は見当たらない。

（気のせい？　わたしに言ったわけじゃないのかな？）

周囲の会話が耳に届いただけかもしれない、と思い直す。

（たくさん人がいるし、勘違いだよね）

流れに沿って進んで行く参詣者を、なんとなく目で追っていると社務所が見えた。こちらの様子をうかがう、線の細い巫女と目が合う。すると。

「久しぶり。元気そうだね」

巫女が手を上げ、小走りで向かってきた。

「あ、はい……？」

（久しぶり？）

しかし、巫女の顔に見覚えはない。

「それにしても、願い事長すぎじゃね？　賽銭箱に入れたの、五円玉だよね？」

可愛らしい見た目に反して、動作や喋りは豪快だ。ジャランと顔の前で神楽鈴を鳴らされ、璃子は身体をのけぞらせた。

「す、すみません」

以前お参りに来たときは、巫女を見かけた記憶はなかったが。

「別にいいけど。私の時給と関係無いし」

「バイトですか」

顔をひきつらせながらも、璃子はなんとなく話を合わせる。一貫して友達のような口ぶりに戸惑った。

「まあね。宿の仕事は視えないといろいろ面倒だから、神社で働くことにしたんだよね。ばーちゃん元気かな。近いうちに会いに行こうと思ってるけどさ。スマホが水没して連絡もできないし、スマホ代稼ぐのにバイト掛け持ちで忙しいし。ところで……」

こちらも話がまったく見えない。

単なる人違い、それが璃子の結論だった。

そこで、「じゃあ、そろそろ」、と話を切り上げようとしたが。

「それ、可愛いね」

巫女が璃子の髪飾りを指差す。つまみ細工の桜の花だ。

「ありがとうございます。いただきもので……」

「ふうん。彼氏？」

「……ええと」

誰にもらったのだろう、と璃子は考え込む。思い出したいのに思い出せない。

そうしているうちに、手のひらがほのかにあたたかくなるのを感じた。

『璃子、璃子』

自分の名を呼ぶ誰かが思い出の中にいる。亡き父のような気がするが、やっぱり違う。父親の顔なら今ははっきりと思い出せる。帰省したときに、幼いころのアルバムを見たからだ。

（ちょっと切ないけれど、もう平気）

子供時代の楽しい夏休みを璃子は思い浮かべる。

お弁当を作ったのは母親だ。からあげ、プチトマト、ブロッコリー、そして、黄色が鮮やかな卵焼き。

海沿いの道を母親の運転でドライブしている。璃子は後部座席で父親と歌っていた。車の窓を開ける。海も空も濃い夏の青色だ。風は潮の匂いがする。目的地の水族館が見えてきた。

小さかった璃子は嬉しくて、珍しくはしゃいだ。

（水槽の中の海もきれい）

見上げると、キラキラしたイワシの群れ。カメラを構えているのは母親だ。同じようなショットが山程あるアルバムには――。

水族館のトンネル水槽の中、父親と璃子の楽しそうな横顔。しっかりと繋がれた手。

（――お父さんはわたしの中にいる）

ためらうことなく何度でも、これからは思い出すことができるのだ。それなのに。

もっと他にも思い出したいことがあるような気がしてならない。

『璃子、璃子』

大事な誰かと過ごした時間があったはずだが、その記憶だけが霞の向こうにあるようではっきりとしなかった。

『璃子さん、忘れっぽいんだから』

『直に思い出されるでしょう』

『目印までさずけたというのに、ずいぶんおっとりした若女将だ』

それにしても耳元がやけに騒がしい。璃子は眉を顰める。

チリン、チリリン。鈴の音が鳴った。

(なんだか、懐かしい音)

どこから聴こえるのだろうかと耳を澄ます。

もしかしたら、思い出の中かもしれない。悲しくて涙が溢れたとき、いつも鈴の音がどこかで鳴っていた。誰かが慰めてくれているようだった。

(また、わたしの空想かな?)

だけど、今も同じように、目に見えない何かに守られていると感じられた。

『璃子、まだ思い出さぬのか?』

苛ついた声が耳に飛び込んできて、璃子はドキリとする。

その声の持ち主こそ、自分が思い出したいなにかと、結びついているような気がしたからだ。璃子は焦れる気持ちを抑えながら記憶を辿る。

生い茂る緑、煌々とした光、たゆたう影。会いたい人がそこにいるような気がした。

(もう少し、もう少しで会える)

ゆらゆらと揺れる影はやがて美しい青年の姿になる。

高鳴る胸に璃子は戸惑った。きっと仏頂面の青年は、「契約の証だ」と璃子の頬にキスをするだろう――。

くすぐったくなり頬に手を添えた。

(あ……、神様だ)

春の匂いとともに風が吹き抜ける。

璃子は空を見上げた。曇り空は消え、爽やかな水色の空が広がっていた。それから。

「願いを叶えよう。若女将が足りていない」

不機嫌そうな表情《かお》をしたおかっぱ頭の神様と、二匹のキツネが浮遊している。

(思い出した……！)

『足りていないって……、若女将は一人でじゅうぶんですよね？』

白キツネのビャクは、巫女の吉乃を警戒しつつ見下ろしている。

吉乃も、「どこだー？　どこかにいるだろー？」と神楽鈴をジャラジャラ鳴らし視えないなにかを威嚇していた。

『璃子さん、宿にお戻りですか？』

黒キツネのトコヤミが訊ねた。

「はい。よろしくお願いします」

璃子はぺこりと頭を下げる。

「契約成立、だな」

伊吹が満足そうに言った。

(会いたい人に会いたいときに会えるって、特別なことだったんだ……)

厳しい現実に立ち向かう勇気を持ち、還らない思い出も大事に抱きしめて生きていく。

ウツシヨへの道も、境目への道も、もう二度と見失ったりしないと璃子は強く思う。

願わくは、この思いが届いて何度でも会えますように——、精一杯空に手を伸ばした。

ふわりと舞い降りてきた伊吹は、そっと璃子の手を取る。こわれものを扱うような恭しい所作に、璃子は思わず頬を赤らめた。

「迷わぬよう、宿まで案内しよう」

照れくさそうな神様に、璃子は「はい」と微笑む。

人も人ならざるものも思わず顔をほころばせる。桜の花びらがひらりと舞い、璃子の手の上で光となって消えた。

✿

出汁の良い匂いがぷうんと鼻をかすめた。

「あとはよろしくお願いいたします」

「はい。任せてください」

振り袖を汚さないよう、腰紐のたすき掛けとエプロン（前掛け）で完全装備の璃子はガッツポーズをする。

微笑みながら三角巾を外し、梅は厨房をあとにした。通路に顔を出すとにぎやかな笑い声が聞こえてくる。

本日のまかないランチは、おせちと雑煮のビュッフェ。スタッフたちはかわるがわる食堂でプチ新年会だ。

営業中ですからお静かに、と璃子はひとりごちる。

年神様もお迎え中だ。しめ縄や鏡餅などの正月飾りは、元々年神様を迎えるためのもの。年のはじめにやってくる年神様は、一年の幸せをもたらしてくれる新年の神様だ。

大晦日にたまゆら屋へお越しになった年神様を、見かけたものはほとんどいない。なのに、「河童の姿をした大旦那様に似ていた」、「身長がぐーんと伸びて靴箱の一番上に履物をしまった」と、噂話は尽きなかった。いつのまにかお越しになって滞在されている、不思議な神様である。

「さて、続きをやりますか」

気持ち良いほどにぴかぴかに磨き上げられた床。調理器具や食器は使いやすいようきちんと揃えられていた。

たまゆら屋の静かな厨房には、ふつふつと煮立つ音だけ。璃子はガスコンロの前に立ち、火力を弱めた。

鍋の中にはかつおと昆布で取った出汁に、下茹でした鶏が入っている。

味付けはシンプルに塩と醤油のみ。

璃子は『七珍万宝料理帖』のレシピを思い浮かべながら味見をする。あっさりとしたすまし汁は爽やかな味がした。

(伊吹様はお気に召してくれるかな)

『初売りで賑わっておるな』

ふいに、遠い記憶から声が聞こえてきた。

目を閉じれば瞼の裏、景色はお江戸の町になる。映画やドラマで観たものよりずっとリアルな町だった。紺は呉服商、茶色はお茶屋、白は菓子屋、暖簾の繊細な色彩までもはっきりと映し出される。

それから、空に舞う凧と鮮やかな富士山。二日にもなると日本橋の魚河岸は初売りで人がごった返していた。

『後ろを見てみよ』

その声に璃子はくるりと振り返る。日本橋から江戸橋《えどばし》まで店が連なり、買い物客であふれているのが見えた。

江戸時代の日本橋の正月を、璃子はどこか懐かしい思いで眺めている。

『おりん、こちらへ』

手を引かれ端に避けたところで、天秤棒の前後に桶を吊るした振売《ふりうり》が横を過ぎて行った。

『ぼうっとするでない』

顔を上げた璃子の目の前に、着流し姿の不機嫌そうな青年。切り揃えられた煤色の髪が、さらさらと肩の上で揺れている。

(伊吹様?)

『長き世の身か　春桜　白く去るは　神の善きかな』

なかきよのみか　はるさくら　しらくさるは　かみの　よきかな

璃子は美しい回文の歌に魅了される。

『千歳《ちとせ》も、玉響も、麗しいな』

やさしく微笑む青年は、やっぱり伊吹のような気がした。

頭の中にある映像は、いつもの空想にしてはやけに美しく鮮明で、ひどく心を震わせた。

もしかすると、境目が見せる気まぐれな夢想なのかもしれない。璃子はただ、胸がじん、とするのを感じた。

それは、父親について懐古するのとどこか似ている。

（やわらかで、とても愛おしい）

伊吹のことを、遠い昔から知っていたような気がするのだ。

一緒に過ごした実際の時間より、ずっとずっと長い時間をともにしてきたように感じる。

そこで、オーブンレンジの終了音が鳴り、璃子はぱちりと目を開けた。

銀色に光る調理台、食材がたっぷり詰まった冷蔵庫、そして、どっしりとしたオーブン。

「お餅！」

こんがり焦げ目のついた角餅はふっくらと膨らんでいる。

東日本の餅は、角餅だ。丸めるよりも、のし餅を切り分けたほうが量産できるため、江戸時代の人口増加に伴い広まったという説もあるそうだ。

璃子が子供の頃に食べていた雑煮には、焼かない丸餅が入っていたが、『七珍万宝料理帖』にならってお江戸風の雑煮に挑戦だ。

（日本橋を見守ってきた神様に、少しでも馴染みのあるお正月を）

漆の椀には薄くスライスし別茹でした大根を敷く。こうすることで餅が椀にくっつくこともない。きっと伊吹も褒めてくれるだろう。

璃子は伊吹の『美味い』を想像して、少しだけ頬を緩めた。

大根の上に餅、それから塩茹でした小松菜を添える。そこへ熱々の出汁をかけ、素早く膳に並べる。璃子は褒められますように、と願いを込めた。

（題して〝ほめられ菜鶏雑煮〟）

江戸では、「名取り」、「菜」と「鶏」、または、「名を持ち上げる」、「菜」と「餅」などとかけて縁起を担いだようだ。

「ハレの膳の出来上がり」

するりと、たすき掛けの紐を解き、前掛けを外す。

限られた時間では、正式な正月料理とまではいかないが、それでも心を込めて調理した。璃子の自信作だ。

雑煮を載せた膳には、ガラス湯呑とデザートがすでに準備済みだ。

湯呑は、お屠蘇に見立てたハーブティーを淹れるために用意した。

お屠蘇は、薬草がミックスされた屠蘇散を酒やみりんに浸したものである。

そこで璃子は、厨房に常備してある材料を使ってお屠蘇を作ることにした。

カモミールティーのティーバッグ、屠蘇散にも使われる乾姜《かんきょう》（しょうが）をイメージしたジンジャーパウダー、ふたつをスタンバイ。

ティーバッグを入れた湯呑に熱湯を注いで四、五分蒸らし、ジンジャーパウダーをひと振りすればオリジナルハーブお屠蘇ティーのできあがり。

ガラス湯呑に水引をぐるっと巻いて、リボン結びにする。茶托には小さな折り鶴を添えた。琥珀色のハーブお屠蘇ティーがキラキラと輝く。気分だけでも邪気払いだ。

伊吹はきっと驚くだろう。それでもたぶん、『美味い』と言うはずだ。璃子は、くすりと笑う。

デザートは、まめまめプリン。藤三郎が準備したおせちの黒豆を使わせてもらった。

鍋に豆乳と砂糖を入れ火にかけ、そこへ粉寒天を溶かす。冷やし固めた豆乳プリン風にきなこをふり、黒豆を飾った。

豆乳と黒豆で、まめまめプリンだ。

甘味が好物の伊吹は、こちらも『美味い』と言うだろう。

(分かってるよ)

たぶんお世辞も入っている、と璃子は分かっていた。だとしても、食べる人の一言で、どうしてこんなにも料理は楽しくなるのだろう。

相変わらず食堂からはにぎやかな声。

あの大声は藤三郎だろうか。楽しそうな笑い声は桜たち三つ子だ。

ビャクはきっと食べるのに夢中だろう。トコヤミはそんな妻の世話をし、藤三郎の手から徳利をとりあげているはずだ。

雪はマイペースにごちそうを食べ、早々と持ち場に戻っただろう。

そろそろたいくつしはじめた千景は、豆蔵を誘って双六をはじめたかもしれない。

大女将は、皆が羽目を外しすぎないよう、ときどき食堂を覗くはずだ。

もしくは、客人として招いたはずの吉乃に肩を揉んでもらい、苦笑しているのかもしれない。

再び笑い声が起こった。璃子まで愉快な気持ちになる。

ウツシヨの友人たちは元気だろうか。

久しぶりにナッチと飲みに行くのが楽しみだ。

優吾が新しい彼女を大事にできる人で良かった。

麻美が再就職できたのなら、きっと『いいね』する。

(皆が幸せな年でありますように)

配膳車と一緒にエレベーターに乗り込み、〈拾捌〉のボタンを押した。とたんに璃子はそわそわと落ち着かなくなる。

（お待ちかねかも）

お得意様の接待に気疲れした伊吹は、むすりとしているはずだ。

きっと、遅い、と愚痴るに違いない。

イメージの中ではすでに、ふたつの膳は座敷に並んでいた。お椀を開けると、ふわりと立つ湯気。

『雑煮か』

そこから、江戸では……と、少し蘊蓄《うんちく》もはいるかもしれない。しかし、今の璃子はそれさえも楽しみにしているのだ。

（いろんな話を聞かせてください）

璃子はじっと耳を澄ますだろう。はい、そうですかと頷きつつも、料理が冷めないかハラハラしながら。

やっと伊吹は出汁をすすって満足そうな笑顔になる。そうなればしめたものだ。

（お腹が鳴りそう）

出汁の香りはそれだけでごちそうだ。

璃子は今か今かと伊吹の言葉を待ち構える。

伊吹の『美味い』の一言を。

思い出は、これからも増えていくだろう。

たまゆら屋でのこれからの日々が、璃子は楽しみでしょうがなかった。

誰かのキラキラした日常に凹んだ日々も、元カレとのすれ違いも、うまくいかなかった就活も、いつか青くて懐かしいと思える気がした。

故郷の海は心の中で美しさを増している。過ごした時間が短くとも父親の愛情はじゅうぶんに深く、今の璃子を支えてくれていた。

まだ母親に教わりたいことはいっぱいある。新しい家族とも仲良くなりたい。

この先の未来を作るのは自分自身だ。璃子は期待を胸に廊下を進んでいく。

(美味しい料理、それはわたしの喜び)

笑顔が見たいから、明日も心を込めて料理やおもてなしをしよう。できることからひとつずつ。好きなことを自分のペースで。

大広間の襖が僅かに開いている。やさしい風を感じる。暖かで明るい、新年の風。璃子の髪飾りは、さながら堤に咲きほこる桜のようだ。

照れくさそうに笑う伊吹を思い、心がくすぐったくなった。早くお膳を召し上がっていただきたいと、ますます気がはやる。

(神様が、お待ちだ——)

ひと足早い春と一緒に、待っている。

どうかこれからも、毎日の食事が幸せであふれますように——、璃子は神様に祈った。

あとがき

この度は、本書を手にとっていただき誠にありがとうございます。

皆様にとって、思い出のごはんとは、どんなものでしょう。

手作りのお弁当でしょうか？

懐かしい給食でしょうか？

奮発したディナーでしょうか？

思い出の中にあるごはんは、色んな感情を連れてきてくれます。ほろ苦かったり、じんわりしたり、それから優しい気持ちも。

日々の忙しさの中で忘れかけた大事なものが、ごはんの記憶の中にあるような気がしてなりません。

本作が、皆様の思い出のごはんを振り返るきっかけになれたら、とても嬉しく思います。

主人公の璃子は不運に見舞われてばかりですが、彼女には助けてくれる仲間や、核となる強い思いがありました。

生きていれば嬉しいことも悲しいこともあります。苦しい局面が訪れたとき、自分一人で乗り越えるのが難しい場合もあります。

そんなときは、誰かに「助けて」と、思い切ってお願いしたほうがいいのかも。

璃子の普段の頑張りを見ていた神様は、ここぞというときには手を差し伸べてくれます。口頃の地道な努力は目に見えにくいものですが、健気な心がけはきっと周囲を幸せにしているはずですよね。

自分らしい生き方を見つけた璃子が、この先、どのような美味しい『神様のお膳』を用意するのか、私も楽しみでなりません。

また、本作の舞台とさせていただいた東京・日本橋は、洗練された都会であると同時に歴史と文化が息づく街でした。何度も訪れたくなる魅力的な街・日本橋を、神様やあやかしたちも大好きだと思います。

最後に、担当編集者の尾中様をはじめ、私の作品が本となり読者に届くまで、ご尽力くださったすべての皆様、いつも応援してくださる皆様、そして本作の読者様へ、心より感謝申し上げます。

これからも皆様の毎日のお食事が幸せであふれますように――。

令和三年一月　タカナシ

ことのは文庫

神様《かみさま》のお膳《ぜん》
毎日食《まいにちた》べたい江戸《えど》ごはん

2021年1月28日　初版発行

著者　タカナシ

発行人　子安喜美子

編集　尾中麻由果

印刷所　株式会社廣済堂

発行　株式会社マイクロマガジン社
URL：https://micromagazine.co.jp/
〒104-0041
東京都中央区新富1-3-7 ヨドコウビル
TEL.03-3206-1641 FAX.03-3551-1208（販売部）
TEL.03-3551-9563 FAX.03-3297-0180（編集部）

本書は、小説投稿サイト「エブリスタ」（https://estar.jp/）に掲載されていた作品を、加筆・修正の上、書籍化したものです。
定価はカバーに印刷されています。

ISBN978-4-86716-103-6　C0193
乱丁、落丁本はお取り替えいたします。